DANS LA MÊME COLLECTION

Charlotte Bousquet, *Nuit tatouée*, t. I, L'Archipel, 2011.

Nicolas Cluzeau, *Avant les ténèbres*, t. I, L'Archipel, 2011.

Brigitte Égémar, *L'Eau des anges*, t. I, L'Archipel, 2011.

collection

Galapagos

dirigée par Thierry Lefèvre

Nuit brûlée

DU MÊME AUTEUR

Nuit tatouée (La Peau des rêves, t. I), L'Archipel, 2011.
Princesses des os, Gulf Stream, 2010.
Noire Lagune, Gulf Stream, 2010 (prix Juke Box ado 2010 du Salon de Montreuil).
Lettres aux ténèbres et autres récits vampiriques, Rivière blanche, 2010.
Llorona On The Rocks, Argemmios, 2010.
La Marque de la bête, Mango, 2009.

L'Archipel des Numinées

Matricia, Mnémos, 2011.
Cytheriae, Mnémos, 2010 (prix Elbakin 2010, prix Imaginales 2011).
Arachnae, Mnémos, 2009.

CHARLOTTE BOUSQUET

Nuit brûlée

La Peau des rêves**

Galapagos

Galapagos est un label du Groupe L'Archipel

www.editionsarchipel.com

Si vous souhaitez recevoir notre catalogue
et être tenu au courant de nos publications,
envoyez vos nom et adresse, en citant
ce livre, aux Éditions de l'Archipel,
34, rue des Bourdonnais 75001 Paris.
Et, pour le Canada, à
Édipresse Inc., 945, avenue Beaumont,
Montréal, Québec, H3N 1W3.

ISBN 978-2-8098-0635-9

Un ciel étrange et roux brûle la terre moite ;
Des tours noires s'étirent droites
Telles des bras, dans la terreur des crépuscules ;
Les nuits tombent comme épaissies,
Les nuits lourdes, les nuits moisies,
Où, dans l'air gras et la chaleur rancie,
Tombereaux pleins, la Mort circule.

La Mort
Émile Verhaeren

Do they still dream of their own dirty secret sins?
How could they think that our lives would be enough of a price?
Time's out for their prayers
Right now only fire can dry our tears

Children of Genocide
Sire Cédric

Pour Fabien, ma Chimère.
Pour Nicolas.
Pour Tom.

PRINCIPAUX PERSONNAGES

À la Tour de l'Horloge
CLÉO – humaine, jumelle de Lyn.
LYN – femme-oiseau.
AXEL – homme-corbeau, son frère adoptif.
BEL – doyen des Chimères, homme-rat.
TAM – enfant-rat.
KIO – femme-chouette.
SENLI – homme-chat.
EVA – femme-renarde.
MIYA – femme-chien.
CHÔ – homme-chien.

Dans le marais-monde
VRO – Triton.
LETTY – Triton.

Au Passage
TANIA – maraudeuse, fille de Marcus et Dora.
TYBALT – chef des maraudeurs, les jeunes éclaireurs du clan.
MARCUS – chef du clan. Époux de Dora.
XIAN – tatoueuse, ancienne arpenteuse.
RAG – chef des arpenteurs, guerriers du clan chargés de surveiller le territoire.

EDDA, NORMA (RAJ) – arpenteuses.
CIN, TITUS, NERI, EOL (RAJ) – maraudeurs.
LAZARUS (RAJ) – ancien chef des RAJ.
LAYE (RAJ) – son bras droit.

Et à 'Lona
XIMENA / Najma – Gypsie.
ITZAN – homme-panthère, chef des Chimères.
MIA – enfant-chat.
ASSAN – enfant-lézard.
AMALIA – Mutante.
CIRIL – homme-chien.
RAMON – homme-chauve-souris.

Lexique
à l'usage des survivants

Ashes : nom péjoratif que donnent les Mens aux Chimères, qui selon eux sont nées des cendres du monde.

Ceux-d'en-dessous : créatures monstrueuses vivant dans les sous-sols et les égouts.

Chimères : nom que se donnent les hybrides.

Dégénérés : cannibales vivant en hordes et qui effectuent régulièrement des raids dans les villes.

Emplumé : insulte désignant une Chimère ailée.

Mens : nom que se donnent les humains.

Mutant : humain possédant des aptitudes surnaturelles, monstre pour les Mens et pour certaines Chimères.

Nid : nom générique désignant les regroupements de Chimères.

Norms : terme péjoratif. Nom que donnent les Chimères aux Mens.

Rassemblement : nom générique désignant un regroupement de Mens.

Triton : Mutant aquatique.

Prologue

'Lona
Nid des Chimères d'Itzan

Le sirocco a soufflé trois jours durant, annonciateur de tempête. Des volutes de sable brûlant se sont incrustées dans les cheveux, les yeux et les bouches, faisant crisser le gruau sous les dents, donnant à l'eau un goût terreux. Itzan et ses guerriers, partis en chasse aux confins de leur territoire, ont été pris dans les rafales de vent. Réfugiés dans les ruines d'un immeuble à la frontière du domaine, ils n'en sont sortis qu'en milieu d'après-midi. Ils ont franchi le seuil de la cathédrale en ruine, statues jaune et gris maculées de poussière. Un rayon de soleil a traversé les vitraux, auréolant leurs silhouettes de diaprures vermeilles. Mon corps engourdi de fatigue, de douleur et de colère réprimée a commencé à se détendre. J'ai bougé mes doigts et senti mon sang circuler de nouveau dans les veines, j'ai fait craquer mes articulations et tenté d'étirer mes membres malmenés. Pour me punir de mon insolence, parce que je suis dangereuse, mes chaînes ont été transformées en fers. Sur ordre d'Amalia, bien sûr. Seule autorité en l'absence d'Itzan. Chacun de ses regards dégoutte de haine et, quand elle me parle, ses mots ne sont qu'insultes et venin. Elle m'a privée de mouvements, elle m'a privée de nourriture et, hier, sous prétexte de laver la toile crasseuse qui protège mes moments d'intimité, elle a voulu me priver de dignité. Plus moyen de soulager discrètement ma vessie, sauf en patientant jusqu'à la nuit. Pas de chance pour elle, je suis une dure à cuire. J'en ai vu d'autres, bien pires.

Les humiliations – venant d'elle surtout – ne m'ont pas touchée.

L'absence des gamins, Mia et Assan, m'a beaucoup plus atteinte, même si je n'en ai rien montré. Ils ont eu interdiction de m'approcher, de me parler – de me regarder. Mia a essayé deux fois de désobéir. Elle en a été quitte pour un supplément de corvées.

Espérant que le retour d'Itzan va changer les choses, je cale mon dos contre la pierre et observe les allées et venues de mes geôliers. À peine rentré, Itzan prend les mesures nécessaires pour protéger les siens de la tourmente à venir, demande des inventaires, indique les passages les plus exposés afin qu'ils soient calfeutrés. Ciril, l'homme-chien, et le vieillard aux oreilles de chauve-souris trient le butin trouvé dans les sous-sols de l'abri improvisé : salamandres multicolores oubliées par dizaines dans des cartons et souvent brisées ; besaces de cuir décorées de perles ou de motifs semblables à ceux que l'on trouve sur les murs du Nid ; verroteries brillantes, dont s'emparent aussitôt Amalia et les autres femmes. Ciril aide la Mutante à la peau d'or à passer plusieurs colliers. Ravie, celle-ci virevolte, bras levés au-dessus de sa tête, dans des flaques de lumière vert émeraude et turquoise. Ciril la dévore du regard.

Indifférente à son amour, Amalia ne danse que pour Itzan.

Sont-ils amants ?

L'idée me fait horreur. Pourtant, je n'ai pas échangé plus de quelques mots avec lui. Il est beau, c'est vrai, avec son pelage de jais et sa longue crinière noire. Ses iris verts, brillants, me troublent chaque fois que je les sens se poser sur moi. Mais Itzan est mon ravisseur, Itzan retarde mes plans. Fin d'une histoire, qui n'en est pas même à ses balbutiements. Comme s'il devinait mes pensées, l'homme-panthère lève les yeux vers moi. Sans ciller, je lui retourne son regard, m'efforçant d'ignorer la brusque sécheresse de ma bouche et la brûlure au creux de mon ventre.

Soudain, il se détourne.

— Qui a raccourci les chaînes de Ximena ?

Ximena. Toujours cette façon de prononcer ce nom, comme s'il savait depuis longtemps que ce n'est pas le mien. Amalia s'immobilise, le toise d'un air de défi.

— Elle s'est montrée violente : il fallait bien la punir !

— Et où est passé le rideau qui lui permet de s'isoler ? gronde-t-il, lui saisissant le bras. *Il fallait* aussi l'humilier, c'est ça ?

— Ce truc était sale.

Itzan se détourne avec un reniflement, disparaît dans la forêt de pierres, au centre de l'édifice. Il ressort, quelques minutes plus tard, portant un grand seau et un paquet de toile brune, puis se dirige, à grands pas, vers la stalagmite où je suis attachée.

Sentiment de panique. Bouffée de honte. Il va venir. Maintenant. Me voir, crasseuse et vêtue de loques. Découvrir ce pot puant, plein d'excréments qu'on ne m'a pas laissée vider. Impossible de le laisser approcher. Je tire sur mes fers, m'avance autant que je peux.

— S'il te plaît…

Il comprend. Lance un petit objet brillant à mes pieds. Une clé pour me libérer. Fébrile, je me débarrasse des chaînes, tends les mains vers lui. Il me donne de l'eau, deux grandes couvertures, une tunique et un sarouel indigo.

— Un cadeau d'Amalia pour se faire pardonner, déclare-t-il, d'un ton fort. Quand tu seras prête, Ximena, tu viendras partager notre repas. Après, nous écouterons la suite de ton histoire.

Mon histoire ? Non ! Non, Itzan se trompe. Elle ne m'appartient pas. Je ne suis qu'une messagère soumise aux lois de mon peuple : transmettre les récits tatoués sur ma peau, recueillir ceux que l'on voudra me conter. *Mon* histoire ? Peut-être s'inscrira-t-elle un jour dans la chair d'un de mes frères – ou sur mon corps, qui sait ? À cette pensée, je frissonne. Quand la vieille Joska s'est éteinte, sa vie, lettres enroulées sur elles-mêmes comme une coquille d'escargot, s'est dessinée sur mon cœur – et sur le sien.

Je n'ai pas envie de mourir.

Le soleil se couche, quand je descends, propre, vêtue de l'ensemble léger qui découvre mes bras couverts de tatouages. Je mange en silence, dans mon coin. Mia et Assan n'osent pas me rejoindre. Je devine une tension sourde parmi les membres du Nid. Est-ce à cause de moi ? Ignorant les regards, je vais m'asseoir près du grand brasero qui illumine l'assemblée. D'un effleurement, je m'accorde au serpent ailé qui court autour de mon poignet, j'inspire profondément, libère les premières images, les premiers mots nés de l'encre et de ma mémoire. Il y a une tour sous un ciel blafard. Au pied, une ruine de pierre et de métal. Plus loin, sur des coulées de béton mangées par les mauvaises herbes, les carcasses d'une vingtaine de wagons. À l'intérieur de l'un d'eux, une silhouette endormie…

1

Au-dessus, un plafond gris, en courbe. En son centre, une tranchée de fils entremêlés, formant une torsade rouge, noire et cuivrée à la beauté étrange. La tête lourde, les yeux embués de sommeil, Cléo tenta de se redresser ; le monde vacilla. Impuissante, elle se laissa retomber sur sa couche. Le contact un peu rêche du drap, la douceur du matelas l'étonnèrent, comme les parfums inconnus qui flottaient dans l'atmosphère : mousse, métal et une note indéfinissable, qui ne lui était pas étrangère.

« Où suis-je ? »

Elle chercha le contact rassurant du poignard contre sa cuisse, mais ne le trouva pas. Découvrit, horrifiée, que seul un mince débardeur recouvrait son corps nu. Au même instant, des nuées passèrent devant le soleil, plongeant la pièce – chambre ? prison ? – dans l'obscurité. Des images jaillirent, chaotiques et effrayantes : forme blafarde dans un tunnel empestant la mort, course éperdue dans le noir, lumières intermittentes et bleuâtres, grouillement de centaines de pattes sur des murs carrelés et une voûte arrondie, bruits de succion et râles d'agonie. Ceux-d'en-dessous… Elle leur avait échappé une éternité plus tôt, avec Lyn…

« Ma jumelle. »

La jeune fille avait quitté le Passage pour se rendre à l'orée du jardin sauvage où Lyn et elle avaient rendez-vous. Axel était venu à la place de la Chimère ailée. Après… Échanges d'insultes, échanges de coups, puis, très vite, l'irruption de Tybalt et de ses maraudeurs. Cléo avait choisi son camp : protéger l'homme-corbeau contre son ancien petit ami fou de jalousie et ses deux comparses, trop heureux à l'idée de casser du Ashes et de rapporter un trophée. Quelques plumes ou sa tête, peu importait. Soudain, les derniers mots de Tybalt, vaincu et furieux, lui revinrent en mémoire. *Si je te revois, je te tue*. Cléo l'en savait capable. Pourtant, il lui faudrait tôt ou tard retourner là-bas pour prévenir Tania qu'elle ne l'avait pas abandonnée.

Bien réveillée à présent, elle bougea la tête vers la droite – la lumière du jour brillait de l'autre côté de la vitre en peau translucide – puis vers la gauche. Baignant dans une clarté rousse, l'endroit semblait étroit et tout en longueur. Elle tordit le cou : deux fauteuils bariolés étaient fixés à même le sol, un peu plus loin ; une cloison de toile brune, reprisée maintes fois, masquait le reste de la pièce.

« Que s'est-il passé, après le départ de Tybalt ? Axel et moi… Je me suis effondrée dans ses bras. Je dois être chez lui, maintenant. »

Cléo sentit son ventre se nouer. Leur affrontement avait failli se terminer en corps-à-corps d'une autre nature ; cette idée faisait naître en elle des émotions qui la troublaient profondément. Quelques semaines plus tôt, encore, persuadée qu'ils avaient tué ses parents, elle haïssait ces hybrides, monstruosités issues du Cataclysme qui avait ravagé le monde. Comme ceux de son clan, elle n'aspirait qu'à les détruire, jusqu'au dernier. Du moins, elle s'efforçait de penser et d'agir ainsi. Puis elle avait croisé Axel dans cet immeuble en ruine et l'avait aidé à fuir. Puis elle avait affronté Lyn, pris conscience de leur ressemblance, découvert le dragon, exactement semblable au sien, tatoué sur son poignet. Depuis, sa vie avait basculé. Certitudes en miettes. Repères balayés par les doutes, les peurs et les découvertes. Au milieu de cet ouragan, Lyn, sa jumelle née de l'union scandaleuse de leur mère avec une Chimère et…

Ses yeux accrochèrent le livre dépassant de son sac, posé au pied de sa couche – *Cyrano de Bergerac*, qu'elle n'avait pu se résoudre à laisser au Passage. Elle se pencha, grimaçant de peine car ses blessures n'étaient pas encore guéries, saisit l'ouvrage. Récita, d'instinct, les mots qui avaient inspiré son second tatouage.

Avoir l'œil qui regarde bien, la voix qui vibre,
Mettre, quand il vous plaît, son feutre de travers,
Pour un oui, pour un non, se battre – ou faire un vers[1]…

L'œil, sur son poignet, cherchait à percer les secrets du passé, à comprendre, à *regarder bien*, sans craindre la vérité. À affronter les cauchemars qui la tourmentaient. Comme le dernier, dont elle pouvait presque discerner des fragments dans la pupille d'encre noire. Les flammes d'or rouge sang dansant et crépitant dans la nuit. L'étau glacé se refermant sur ses épaules, l'empêchant de se précipiter au cœur du brasier. Ce visage d'ogre, à la fois monstrueux et bizarrement familier.

1. Edmond Rostand, *Cyrano de Bergerac*, acte II, scène 8.

« Qui est-ce ? L'assassin de mes parents ? Marcus, qui m'a sauvé la vie ? »

Marcus et Dora. Partant sans rien dire, Cléo les avait laissés sur le bord de la route, avec son passé. Submergée par une vague de nostalgie et de culpabilité, elle se mordit les lèvres, retenant à peine ses larmes. Que penseraient-ils de sa fugue ? Comment réagiraient-ils face aux mensonges de Tybalt ? Et Tania ? Peut-être, libérée de l'ombre de sa sœur adoptive, la jeune fille pourrait-elle enfin *exister* aux yeux de son père, être la préférée ?

« Sauf si Marcus continue à l'ignorer, décide de l'utiliser pour forger cette alliance avec les Chaînes brisées. J'espère qu'il arrêtera de la traiter en enfant frêle et encombrante… J'aimerais être là-bas pour la protéger, même discrètement ! »

Mais Tania ne casserait jamais cette image de fragilité si on ne lui permettait pas d'essayer seule. L'absence de son aînée n'était peut-être pas un mal.

Un bruit d'ailes froissées, au-dehors, interrompit ses réflexions. De l'autre côté du rideau, une porte s'ouvrit ; quelques secondes plus tard, un vieil homme-rat pénétra dans la pièce. Il avait des yeux bleu-gris ronds comme des billes, un nez pointu et de grandes oreilles, presque translucides, semées de poils blancs.

— Tu as repris conscience, c'est déjà ça ! grommela-t-il, extirpant d'une besace plusieurs petites boîtes et des bandages.

— Combien de temps…

— Trois jours.

Il ouvrit deux pots, le premier rempli d'un onguent terne à l'odeur de goudron et d'humus, le second d'une poudre violette, puis retourna de l'autre côté de la tenture.

— L'eau sera bientôt chaude.

Il y eut un silence. Bien trop long au goût de Cléo. Elle aurait voulu se lever, rejoindre la vieille Chimère et Axel, dont elle avait reconnu le timbre grave, un peu las. C'était impossible. Elle était seulement tolérée, ici. Non acceptée.

— Voilà. Ça bout.

— Parfait, je m'occupe d'elle et je reviens. Au fait, je suis passé voir Lyn tout à l'heure. Son aile guérit trop lentement à son goût. Et elle t'en veut encore. Même si tu as ramené cette… Norm… au Nid.

Un instant plus tard, l'homme-rat était de retour, tenant entre ses mains ridées une bassine de métal fumante et des bandes de tissus. S'installant près de la jeune fille, il lui tendit une gourde d'eau claire dont elle s'empara avec avidité, puis versa la poudre violette dans le récipient et y trempa, l'un après l'autre, plusieurs linges.

— Enlève ce drap et déshabille-toi.

Mal à l'aise, Cléo lança un bref regard en direction du rideau. Axel avait entendu l'ordre du soigneur. Il ne pouvait la voir, mais savait qu'elle serait bientôt nue. La toile rapiécée lui parut soudain très mince – et très transparente.

— Allez ! Je ne vais pas te manger, tu sais !

Les joues en feu, la blessée obtempéra. Contempla avec étonnement son corps couvert de bandages et d'ecchymoses. Sa cuisse barrée d'une boursouflure lisse et rosée.

— Tu guéris très vite, c'est déjà ça.

— Lyn… Comment va-t-elle ? risqua Cléo.

Il prit le temps d'appliquer les cataplasmes aux fragrances piquantes sur les blessures avant de répondre.

— Lyn pourra voler d'ici trois semaines, je pense. Les os de son aile se ressoudent bien, presque aussi rapidement que ta côte.

— Ma…

— Tu n'as pas senti ?

Il effleura son torse, juste sous la poitrine. Douleur fulgurante. Vive comme une brûlure. Cléo se mordit les lèvres pour ne pas hurler.

— Axel m'a dit qu'on t'avait tabassée.

— Quelque chose comme ça, oui…

La jeune fille retomba, sans force, dans les draps.

— Je m'appelle Bel, poursuivit l'ancien, appliquant la pommade brune et malodorante sur les ecchymoses. Je suis le doyen de cette communauté. Axel m'a parlé de toi. Lyn dit que vous êtes peut-être sœurs…

— Nous le sommes !

— Tu peux demeurer ici le temps de ta guérison. Après… Eh bien, après, nous verrons.

Alors, la Chimère se redressa et, après avoir rangé ses onguents et son matériel de soins, quitta la pièce sans ajouter un mot.

Maladroite dans sa hâte de se rhabiller, Cléo passa le débardeur gris, trop large pour elle et chercha des yeux ses propres vêtements. Ne les voyant pas, elle sentit une vague de panique l'envahir. Elle se sentait vulnérable ainsi, presque nue. À la merci de la Chimère demeurée de l'autre côté de la tenture.

Inspirer. Respirer. Pour chasser la peur, recouvrer la maîtrise de ses idées.

Il lui suffisait de se lever. De s'enquérir poliment de l'endroit où son pantalon avait été rangé. De se raccrocher... à Lyn. Sa jumelle ailée. Sa tendre sœur dont elle était si proche, maintenant. Qui sait? Peut-être pourrait-elle la voir bientôt? Aujourd'hui, même? Elle avait tant de choses à lui raconter, tant de choses à écouter! Tant d'années et de moments perdus à rattraper. Des énigmes à résoudre aussi: l'origine de leur tatouage, ce serpent ailé dont la prunelle railleuse semblait un défi constant; l'histoire de leurs parents, leur rencontre et leurs amours; l'identité de ceux qui les avaient tués. Cléo avait hâte de la retrouver, de partager avec elle ses dernières découvertes, de profiter de simples moments d'intimité, d'être deux, ensemble – complètes. Rassérénée, elle s'assit sur la couche, se mit précautionneusement sur ses pieds.

« Je dois avoir une tête à faire peur... Que disait Cyrano? *Mon ami, j'ai de mauvaises heures! De me sentir si laid, parfois, tout seul...* Mais je n'ai pas son nez, et ce n'est pas d'une précieuse que je suis amoureuse. »

Amoureuse? Elle?

— Si tu as faim, il y a de quoi manger.

Elle sursauta. Cette voix profonde et basse instillait le chaos dans ses émotions. Elle sentait son pouls accélérer, ses genoux tremblaient – mais il ne pouvait s'agir d'autre chose que de désir, n'est-ce pas? Elle passa les doigts dans sa chevelure emmêlée, la répandant sur son visage pour mieux dissimuler son trouble, puis écarta d'une main le rideau et passa de l'autre côté.

La pièce était construite à l'identique, avec des jours rectangulaires, tendus de peau beige, un plafond gris et incurvé, deux banquettes plaquées contre la paroi. À côté, une étagère où étaient rangés plusieurs livres. Une table, assemblage de morceaux de plastique et de planches de bois, était accolée sous une fenêtre. À l'opposé, sur un réchaud, cuisait une bouillie verdâtre – sans doute un mélange de racines et de champignons.

Et puis, il y avait Axel. Juché sur un tabouret haut, ses grandes ailes repliées dans son dos, les rémiges de sa chevelure de jais encadrant ses traits acérés, il la regarda entrer, une expression indéchiffrable dans ses prunelles noires aux scintillements bleutés. La gorge nouée, les lèvres sèches, Cléo fit quelques pas vers lui.

— Je me demandais… Je me demandais si je pouvais récupérer mes vêtements. On peut manger d'abord, bien sûr. Mais je…

— J'ai vu avec le tanneur pour réparer le cuir. Le reste ne peut être sauvé. Lyn a laissé un pantalon et deux ou trois bricoles pour toi.

— Lyn ? Alors, elle est venue ?

— Difficile de l'en empêcher. Me concernant, ça ne change rien, ajouta-t-il, quittant son perchoir et boitillant jusqu'à la marmite. Vous ne devez pas vous revoir. Ça ne lui apporterait que des ennuis. Si les membres du Nid découvraient…

— Bel ne semble pas si choqué, coupa Cléo, saisissant brusquement l'écuelle pleine et la galette plate et grise qu'il lui tendait.

— Bel est un sage. Mais les autres… Comment réagira Tam, à ton avis, en découvrant ta présence ici ? Tam, oui. L'enfant que tu as failli étrangler. Et Senli, dont la compagne a été tuée par l'un des tiens ?

Cléo baissa la tête. Que pouvait-elle répondre à cela ? Sa présence, parmi les Chimères, serait au mieux incongrue. Elle serait surtout perçue comme une injure à ceux qui avaient souffert à cause des Mens. Toujours la même histoire, le même drame. Qui avait le plus pâti de ces guerres incessantes ? Qui était véritablement coupable ? Impossible de le savoir. Trop tard. Nul ne désirait vraiment connaître la vérité. Tout n'était qu'enchaînement de vengeances et de rancœurs. Mais Lyn et elle, dans tout ça ? Leur fallait-il renoncer l'une à l'autre ? Faire table rase de leurs liens retrouvés, d'un passé dont il restait tout à découvrir, d'un avenir à créer, pour éviter de rompre la spirale de la haine ? Non. Elles valaient mieux que ça. Et, au moins en mémoire de leurs parents morts, elles devaient se battre pour briser ce cycle trop bien rodé.

La mixture, légèrement piquante, était meilleure que son apparence ne le laissait supposer. Cléo en avala quelques cuillerées en silence puis, relevant le menton, défia la Chimère des yeux.

2

— Tu me demandes comment réagira Tam ? Je ne sais pas, commença-t-elle d'un ton assuré. À sa place, j'aurais certainement peur, puis la curiosité l'emporterait. La question que tu devrais te poser, Axel, est : comment réagira Lyn si tu nous empêches de nous revoir ? J'ai entendu ce que disait Bel. Elle t'en veut déjà.

— Tu crois la connaître si bien que ça ? gronda la Chimère, reposant brusquement son bol sur la table. Lyn est ma sœur. Je veille sur elle depuis qu'elle est toute petite. Alors…

— Adoptive, coupa Cléo. *Ta* sœur adoptive. *Ma* sœur jumelle. Alors, c'est vrai : nous n'avons pas passé beaucoup de temps ensemble. Nous avons à peine pu nous découvrir. Pourtant, je sais exactement ce qui se passera si tu nous sépares. Tu briseras un premier lien, la confiance. La colère en détruira un second : l'attachement. Ce ne sera pas rationnel. Pas plus que ce qui nous unit, elle et moi. Lyn fera peut-être mine de se résigner. Mais, à la première occasion, elle fuira et tentera de me retrouver. C'est ce que je ferais, et je devine qu'elle agirait comme moi. La différence, c'est que je suis une bonne combattante. Et que j'ai moins de scrupules à tuer.

Blêmissant, jointures pressées contre la ligne de ses lèvres crispées, Axel l'écoutait sans rien dire. Quand elle se tut, il demeura longtemps silencieux, ses yeux rivés aux siens. Tant de colère en eux. Tant d'intensité. Cléo ressentait leur poids, leur brûlure avec une telle acuité qu'elle peinait à respirer. Incapable de s'arracher à cette emprise, elle luttait de toutes ses forces pour empêcher son corps de la trahir. Dans ce duel muet, elle ne pouvait l'emporter mais devait maintenir le *statu quo*. Au-dehors, le soleil avait disparu sous un ciel de plomb. L'averse, noire et grasse, ne tarderait pas.

Enfin, il prit la parole.

— Tu m'as aidé, malgré tout, ce jour-là. Tu as sauvé Lyn. Et l'autre soir, dans le jardin sauvage… Sans toi, je n'aurais pu échapper à ces Norms. Je devrais t'être reconnaissant, j'imagine. Ce n'est pas le cas.

Mots coup de poing. Réponse cinglante à son attaque. Elle recula, dos au mur.

Des éclairs crevèrent les nuages. La pluie se mit à tomber, assombrissant la pièce, martelant le toit.

— Je ne sais pas ce qui m'a pris de t'emmener avec moi. J'aurais dû te laisser là-bas. J'aurais trouvé quelque chose à dire à Lyn. Que tu n'étais jamais venue. Que tu étais morte, dévorée par des chiens.

Vain réflexe de protection, Cléo plaqua les bras contre sa poitrine. Elle avait l'impression d'être lacérée, blessée plus férocement qu'avec une lame. Ravaler la douleur. Ne rien laisser paraître. Du moins, essayer.

— Peut-être que tu aurais été incapable de mentir correctement ? cracha-t-elle. Peut-être que ce n'est pas par bonté d'âme, mais parce que tu sais que Lyn t'aurait percé à jour ? La vérité finit toujours par éclater, tu sais…

— Et c'est quoi, la vérité ?

Deux pas avaient suffi. Il était tout proche ; ses mains, appuyées contre la cloison, encadraient son visage. Ses longues plumes soyeuses chatouillaient ses joues et son nez. Elles avaient un parfum de fumée. Embrasement soudain dans l'estomac. Lèvres de carton. Besoin de s'échapper, de fuir son regard. Envie de s'y noyer, de s'abandonner.

— La vérité…

Elle chuchotait. Osait à peine respirer. Il s'approcha un peu plus.

— Dis-moi.

— À… À propos de quoi ?

— Lyn. Toi.

Cléo déglutit. Le feu se répandait dans son corps entier. Dévorait, implacable, sa volonté et sa raison. Bientôt, elles ne seraient que cendres, la laissant complètement désarmée. Instinctivement, elle tenta de le repousser. Sa paume sur sa peau eut l'effet d'une décharge. Axel bondit en arrière, ailes déployées. Renversa les bols encore pleins. Le fracas de l'argile, la bouillie verdâtre répandue sur le sol brisèrent le sort qui s'était emparé d'elle – de lui ?

Le temps que la jeune fille recouvre entièrement ses esprits, Axel, accroupi, ramassait les morceaux épars et la nourriture gâchée.

— Retourne te coucher, ordonna-t-il d'un ton bas. Je t'apporterai les vêtements que Lyn a laissés pour toi et un nouveau repas.

Cléo obtempéra sans un mot.
À l'extérieur, l'averse redoubla d'intensité.

Une fois Axel parti, Cléo enfila le débardeur turquoise dont les ouvertures dorsales, destinées à laisser passer les ailes, avaient été recousues et le pantalon de toile à l'odeur ferreuse, d'un violet presque noir. Parfaitement ajusté, celui-ci comportait de nombreuses poches sur les côtés. Un crissement, dans l'une d'elles, attira son attention. Elle en tira un morceau de papier grossier, soigneusement plié. Devinant qu'il s'agissait d'un envoi de Lyn, émue parce que jamais encore elle n'avait reçu ni rédigé de billet, la jeune fille l'ouvrit. L'écriture petite, régulière, couvrait deux feuilles. L'encre, de piètre qualité, avait bavé et les boucles de certaines lettres n'étaient plus que des taches noires.

« Cléo,

Je ne sais pas ce qu'Axel a pu te raconter à propos de mon absence. J'espère qu'il t'a dit la vérité mais, pour tout t'avouer, je ne lui fais pas vraiment confiance sur ce point : dès qu'il s'agit de toi et moi, il perd la tête. Va savoir s'il est jaloux ou s'il a juste peur pour moi, en tout cas, il fait tout ce qu'il peut pour nous éloigner l'une de l'autre et je n'arrive pas à le raisonner. Alors je ruse ! Comme je ne sais pas pendant combien de temps encore je vais être bloquée dans mon wagon ni combien de temps il va lui falloir pour admettre que tu ne manges pas les Chimères au petit déjeuner, je te raconte par écrit ce qui s'est passé depuis que nous nous sommes quittées cette nuit-là, dans le jardin sauvage.

Je me suis envolée, direction le Grand Creux. Quand je pourrai enfin bouger et que tu seras rétablie, je te ferai visiter le coin : dans la salle du conseil il y a un trésor datant d'avant le Cataclysme. C'est le buste d'un ange (un genre d'hybride entre une Chimère et un Mens, ce qui veut dire à mon avis que nous ne sommes peut-être pas les premières) que les premiers habitants de la Tour de l'Horloge ont récupéré là-bas. Intéressant, non ? Bref. Le problème, c'est qu'il n'a cessé de pleuvoir : entre l'eau et les rafales de vent, c'est devenu de plus en plus difficile de manœuvrer. Je me suis finalement posée au sommet d'un vieux bâtiment humide, en assez bon état (j'aurais dû en choisir un moins confortable). L'ardoise était encore intacte par endroits, l'idéal pour rester à l'abri des averses et des regards indiscrets. Enfin, c'est ce que je croyais. Tu te souviens des Dégénérés que nous avons réussi à éviter quand nous nous sommes réfugiées dans la chambre à la poupée (je l'ai gardée envers et contre tout, et elle est propre) ? Ils n'avaient pas quitté le coin : malgré toutes mes précautions, ils m'ont repérée. Ils n'ont pas cherché à grimper jusqu'à moi : heureusement, sinon je ne pense pas que j'aurais pu m'en tirer vivante. Ils ont fait comme d'habitude : embuscade, attaque à distance, tu vois le genre. Il y avait tellement de brouillard, au matin, que je n'ai rien vu venir. J'ai déployé mes ailes, j'ai pris mon élan – c'est là qu'ils ont attaqué. Je suis convaincue que la flèche visait le cœur. Heureusement, le vent l'a déviée : c'est mon aile gauche qui a été touchée. Je suis partie en vrille, pire que lorsque nous nous sommes battues toutes les deux, et mon aile (oui, toujours la même) a percuté une façade. J'ai réussi à stopper la chute – ne me demande pas comment, je n'en sais rien moi-même. Un instant, j'allais m'écraser sur le sol, à la merci des cannibales dont j'entendais déjà les rugissements de victoire, et l'instant d'après, j'étais suspendue à un balcon de pierre, à bonne distance. Un rétablissement plus tard, j'étais à l'intérieur de l'immeuble, fonçant malgré mon état pitoyable vers les escaliers. Tu sais, j'avais tellement la trouille que je ne sentais même pas la douleur. Et, tout le temps de cette course effrénée, avec ces monstres à mes trousses, je pensais à toi. Je me disais que c'était trop bête de t'avoir rencontrée, retrouvée si c'était pour te perdre, et puis que je t'avais fait la promesse de ne jamais te laisser tomber. Et j'avais l'intention de la tenir, cette promesse. C'est ce qui m'a donné la force de leur échapper. Je ne pouvais plus voler mais, en serrant les dents, j'arrivais à déployer suffisamment mon aile pour planer de toit en toit. Et puis, j'avais l'impression que tu étais là, que tu me donnais ta force.

J'ai réussi à les semer. Je fuyais depuis des heures, bon, c'est l'impression que j'avais. J'ai trouvé un endroit où me reposer. Je me suis blottie sous un de ces grands disques qu'on trouve parfois sur les toits. C'est là que je me suis aperçue que je tremblais de froid et de fatigue, et que je n'avais rien à manger. Tout ce que j'avais, c'était la poupée, alors je l'ai prise dans mes bras et j'ai essayé de dormir. Ça n'a rien donné de bon : tu rêves de bûchers, moi de dragons. Nos tatouages prennent leur envol, arrachent notre chair et partent à la recherche de leur origine (je suppose, de celui qui les a créés). Ils nous traînent dans leur sillage, comme si on restait accrochées à eux par les veines et on se vide de notre sang. Voilà de quoi j'ai rêvé, après avoir échappé aux Dégénérés, et ce rêve s'est répété plusieurs fois depuis. À ton avis, c'est un avertissement ou bien un défi ? Bref. Je me suis réveillée dans un sale état : l'aile enflée, les plumes noires de sang coagulé, la bouche pâteuse et le crâne dans un étau. J'ai réussi à me traîner hors de l'abri et à me remettre en route. Je ne m'étais même pas rendu compte que j'avais rejoint notre territoire. Kio (mon amie, tu l'as déjà vue, elle a des yeux de chouette) m'a retrouvée et ramenée au Nid.

Tu sais, maintenant, pourquoi je n'ai pas pu aller à notre rendez-vous. J'avais disparu plusieurs jours : j'ai raconté mon enlèvement, la manière dont tu m'as sauvée, nos mésaventures souterraines. J'ai confié plus de choses à Axel : en fait, j'espérais qu'il pourrait m'emmener jusqu'au jardin, ou bien te conduire à moi. Il n'a rien voulu entendre, bien sûr. J'espère pouvoir te raconter bientôt les derniers événements de vive voix, et surtout te revoir ! Tu sais, Cléo, c'est très bizarre, mais tu me manques alors que nous nous connaissons à peine ! Voilà, j'arrive au bout de ma réserve de papier alors je suis obligée de m'arrêter. Je t'ai laissé deux trois trucs en plus dans le pantalon.

Je t'embrasse ma sœur,

Lyn. »

Cléo parcourut une seconde fois la lettre, la reposa les larmes aux yeux. Elle avait dévoré chaque mot, ressenti chaque émotion comme si c'était la sienne.

« Tu me manques terriblement, Lyn. »

La jeune fille replia soigneusement les feuilles, les glissa entre deux pages de *Cyrano* et passa les vêtements avant de vider le contenu des poches. Elle trouva un pendentif en forme de cœur avec une tour élancée gravée en son centre et une boîte plate, métallique, sur laquelle figurait un chat noir. Elle l'ouvrit. Son propre reflet, net, étrangement grossi, lui sauta au visage. Surprise, elle laissa tomber le miroir – et se sentit basculer.

L'œil noir, démesurément ouvert, l'aspire dans un gouffre. Des voix, grondements indistincts, plus nettes à mesure qu'elle tombe, résonnent autour d'elle. « Tu n'aurais… mais… me… trahir… » « Je t'aimais… » D'autres, cris de détresse et pleurs d'enfants, se répercutent entre les parois invisibles dans cet abîme d'encre et de brume. « Junie… Pourquoi m'as-tu fait… »

Timbre familier. Parfum familier. C'est lui. Celui qui l'a tenue contre lui et forcée à regarder jusqu'au bout le feu les consumer. C'est…

— Allons ! Réveille-toi !

Cléo se redressa, échevelée, le cœur battant à tout rompre. Elle était proche, cette fois, de découvrir qui était le monstre qui avait livré ses parents au bûcher. Mais on l'avait tirée de sa vision, on l'avait privée de la vérité. Elle reprit ses esprits, lança un regard furieux à l'importun. Se reprit aussitôt, remarquant sa mine inquiète.

— Bel, murmura-t-elle. Je… Tu m'as…

— Ton front, coupa-t-il. Tu t'es cognée en tombant. Qu'est-ce qui t'a pris de te lever, hein ?

— Je voulais m'habiller, répliqua la jeune fille, penaude malgré elle.

— Il va falloir m'enlever tout ça, marmonna l'homme-rat, dubitatif.

— Quoi ?

— Il est temps de refaire tes pansements.

Soudain, la jeune fille s'aperçut que la pièce était éclairée par une lanterne posée sur un coffre plat, près de son lit. Le reste du wagon était plongé dans l'obscurité.

« Combien de temps suis-je restée inconsciente ? Plusieurs heures, au moins. Et je ne me rappelle rien, à part ce dernier cauchemar. »

— Qui est Junie ? demanda le soigneur pendant qu'elle se dévêtait.

— Ma mère, répondit-elle, trop surprise pour protester. Elle est morte quand je n'étais qu'une enfant.

— Tu guéris décidément très vite, petite. C'est un bon point pour toi. Je ne parle pas des avantages pratiques – enfin, pas seulement. Dis-moi, es-tu déjà tombée malade ?

Elle fronça les sourcils, cette fois gênée par son indiscrétion. Perplexe, également. En quoi cela le regardait-il ? Non, elle n'était jamais tombée malade. Pas à sa connaissance. Elle avait eu de la fièvre quand Xian avait tatoué l'œil grand ouvert, *l'œil qui regarde bien*, sur son poignet, mais en dehors de ça…

— Je ne crois pas. Pourquoi cette question ?

— M'est avis que tu vas rester quelque temps parmi nous. Et si tu n'es pas une Norm, ça passera mieux auprès des nôtres.

Cléo sentit le sang se retirer de son visage.

— Tu crois que je suis une Mutante ? souffla-t-elle, réprimant un frisson.

Être la fille d'une humaine et d'une Chimère n'allait déjà pas de soi. Même si elle y voyait un avenir possible pour les deux peuples. Même si sa jumelle était ce qu'elle avait de plus précieux au monde. Même si celui dont elle était… Assez.

Les mots de son père adoptif lui revinrent en tête. *Ces saloperies sont pires que les Ashes. Et tu sais pourquoi ? Parce qu'ils sont sournois. À les voir, tu ne te douterais jamais de leur vraie nature. Si tu en croises un, frappe la première, frappe sans hésiter. Car ces abominations sont capables du pire.* Quand, inquiète de la rapidité avec laquelle elle cicatrisait, la jeune fille s'en était ouverte à lui – *j'ai peur d'être une de ces… choses…* –, Marcus avait balayé ses craintes d'un haussement d'épaules. *Avoir une santé de fer, c'est pas une tare mais un don*, avait-il expliqué. *Et les dons, c'est bon pour le clan.*

S'il connaissait sa nature, s'il avait tout fait pour la protéger au point de lui mentir, au point de la menacer parce qu'elle approchait de la vérité, le chef du Passage n'allait certainement pas admettre que *sa* Cléo n'était, en fait, pas du tout humaine.

« Ma mère était-elle une… une de ces créatures, elle aussi ? »

— Tu n'écoutes rien, décidément !

— Désolée, sursauta-t-elle. Je réfléchissais, et j'ai dû perdre le fil de la conversation. Tu veux bien répéter ?

Bel grommela quelques mots indistincts entre ses dents et appliqua, un peu brusquement, l'onguent camphré.

— C'est possible que t'en sois une, oui, dit-il enfin. Ça confirmerait que Lyn et toi êtes du même sang. Oui, j'ai une hypothèse à ce sujet… Bon, tu crois que Junie était une Norm, hein ?

— Une Mens.

— Va pour Mens. Et ton père, c'était un ailé. Ou c'est un ailé…

— Il est mort lui aussi. Sinon, Lyn serait restée avec lui.

— Pas faux, sourit l'homme-rat, commençant à ranger son matériel de soin. Ce que je veux dire, c'est : soit ta mère était complètement humaine, et tu es ce que tu es parce que les Mutants sont les descendants des Norms – pardon ! Mens ! – et des nôtres… Ce n'est pas une certitude, note bien. Mais cela confirme ma théorie. Théorie qui, entre nous, explique bien des choses, en particulier le racisme de nos deux espèces. La peur de disparaître, ce genre de bêtises, tu vois. J'en étais où ? Ah oui ! Soit ta mère était humaine, disais-je, soit c'était une Mutante, qui n'en avait d'ailleurs peut-être même pas conscience. Tu aurais donc hérité de ses dons. Eh ! Mais te voilà bien pâlichonne, soudain. Besoin de digérer tout ça tranquillement, hein ? Je vais prévenir Axel, afin qu'il te prépare quelque chose de consistant à manger et ne te malmène pas trop.

Bel se redressa et prit congé avec un drôle de petit sourire. Cléo demeura seule dans le wagon, regardant sans la voir la lumière jaune de la lanterne.

3

Cléo se retourna une fois encore sur sa couche. Impossible de dormir.

Les pensées se bousculaient dans sa tête, et la proximité d'Axel n'arrangeait rien. La toile qui les séparait semblait faite de fumée, une fumée de plus en plus ténue à mesure que la nuit avançait. Elle percevait son souffle, de l'autre côté du rideau ; entendait chaque mouvement, chaque froissement d'aile. La seule idée de sa présence l'empêchait de réfléchir posément à ce que Bel avait laissé entendre, à tout ce qui s'était produit depuis son départ du Passage, à tout ce qui restait à découvrir. Le nom de celui qui avait tatoué le serpent ailé sur son poignet et celui de sa sœur. L'identité des assassins de ses parents. Des Chimères, mais probablement pas celles qui avaient recueilli Lyn. Bel paraissait trop ouvert d'esprit pour cela.

« Trop ouvert pour être honnête, peut-être. Connaissait-il ma mère ? Mon père ? Les meurtriers ? »

Avec un soupir, la jeune fille se recroquevilla sur elle-même. Ferma les yeux. Quel âge pouvait avoir le soigneur ? Cinquante, soixante hivers. Difficile d'estimer : il n'était pas humain – et son poil blanc faussait la donne.

« Si je me rappelle ce que m'a confié Lyn, Bel l'a trouvée, errante, au milieu de nulle part. Était-il seul ? A-t-il vu… »

Le vieil homme-rat avait-il été témoin du drame ? En ce cas, pourquoi avoir caché à Lyn ses origines ? Sans doute pour la protéger.

« Marcus a agi de même avec moi. Il a préféré le mensonge, le secret – et puis les membres du clan n'auraient pas supporté d'accueillir… une abomination… l'enfant contre nature d'un Ashes et d'une des leurs. »

Marcus. Évoquer son père adoptif la mettait mal à l'aise. Lui rappelait trop de souvenirs. Creusait ses blessures, aussi. Elle était étrangère, là-bas, au Passage. Elle était étrangère, ici, parmi ces hybrides dont elle ne connaissait pas les coutumes et qu'elle devinait hostiles. Son seul repère était Lyn – mais Lyn, confinée en raison de son aile brisée, ne pouvait rien pour elle. De l'autre côté de la tenture, la couchette d'Axel, planche escamotable fixée à la paroi, grinça. Un instant plus tard, elle sentit le choc léger de ses pieds sur le sol. Lui non plus ne parvenait pas à trouver le sommeil. Était-ce à cause d'elle ? Était-ce parce qu'elle n'était qu'une Norm, à ses yeux, et qu'il ne pouvait avoir confiance ? Une douce lueur orangée perça les ténèbres de la pièce, puis un froissement. Elle hésita. Devait-elle le rejoindre ? Pouvait-elle affronter son mutisme, être rejetée ?

« Qu'est-ce que je risque ? Au pire, il me tournera le dos. »

Cette pensée lui arracha un sourire un peu triste. Cyrano, lui, avait à craindre bien pire : le rire de Roxane. L'hostilité était préférable à la raillerie. Elle se débarrassa des couvertures.

Je fais lentement l'abandon
Du grand manteau qui me calfeutre…

Une fois encore, les vers de cette pièce qu'elle connaissait par cœur lui revenaient en mémoire. Elle se leva, coiffa rapidement sa longue crinière fauve.

Et je tire mon espadon;
Élégant comme Céladon,
Agile comme Scaramouche…

Marcha sur la pointe des pieds jusqu'au rideau séparant le wagon en deux.

Je vous préviens, cher Myrmidon…

Passa de l'autre côté.

Qu'à la fin de l'envoi, je touche[1] *!*

— Bonsoir !

L'ailé sursauta, pris au dépourvu. Le livre qu'il tenait lui échappa des mains. Sur la couverture rouge, délavée, déchirée par endroits se dessinaient des chats en colère. Du titre, elle ne put lire que deux mots – guerre… sang – avant qu'il ne le dérobe à sa vue.

— Que veux-tu ?

— J'ai vu que tu étais réveillé et comme j'ai un peu soif…

1. *Edmond Rostand*, *op. cit.*, acte I, scène 4.

— Là, il doit rester un fond d'infusion, grogna-t-il, désignant un pichet de terre cuite. Je te préviens, ça risque d'être fort.

— Pas grave.

Ne voyant pas de gobelet, Cléo se saisit du broc et l'éleva jusqu'à sa bouche. Le breuvage, terreux et amer, coula – mais trop vite. Un peu de liquide descendit le long de son cou et de sa gorge. Elle reposa le récipient, retenant une grimace. Se figea. Axel la contemplait fixement. Gênée, elle fit un pas en arrière, essuya ses lèvres du revers de la main.

— Ton… Ton livre parle de quoi ? murmura-t-elle, baissant les paupières pour échapper à son regard.

— De chats sauvages. Quatre clans ennemis contraints de s'allier pour échapper au pire. Des histoires de courage et de sacrifices, d'amitié et de trahison[1]. Elles font partie des légendes que l'on conte aux enfants du Nid – depuis des générations, je crois. J'ai quelques romans, ici, ajouta-t-il après quelques instants de silence. Si ça t'intéresse…

— Merci ! J'ignore combien de temps il me faudra pour guérir, alors… Ça me changera. Le clan du Passage – mon clan, pour autant que cela ait encore un sens – s'est établi sur les ruines d'un ancien théâtre. Dans les archives, les miens ont entassé des centaines de volumes, souvent en plusieurs exemplaires. Je ne les connais pas tous : certains sont en très mauvais état et puis, là-bas, tout cela est considéré comme une perte de temps. Mais j'ai essayé d'en lire le plus possible et de les apprendre par cœur.

1. Erin Hunter, *La Guerre des clans* (tome 6), Pocket Jeunesse, 2008.

La Chimère croisa les bras, l'invita d'un signe de tête à prendre place sur les fauteuils bariolés, maintes fois reprisés. Cléo obtempéra, désarçonnée par cette soudaine marque d'amabilité.

— Ce que tu as emporté dans tes affaires… *Cyrano de Bergerac*, c'est bien ça ?

— C'est la pièce que je préfère ! Je pourrais t'en réciter des passages entiers. Avant, j'en avais un autre exemplaire, plein de taches, rongé par des souris. J'inventais les mots qui manquaient. Et quand j'ai récupéré celui-ci, je me suis aperçue que j'avais deviné juste.

— De quoi ça parle ?

— D'amitié et d'amour, de sacrifice et de courage. Le mieux serait peut-être…

— Que tu m'en dises un extrait ! À moins que tu m'aies menti ! ajouta-t-il d'un ton provocant.

— C'est un défi ?

— Qu'en penses-tu ?

Un défi. Pourquoi pas ? Et puisqu'il lui laissait le choix des armes, autant en profiter pour frapper fort – et vite. Le toucher. L'assommer. Le terrasser à la force des rimes. Avec quel passage porter le premier coup ? Des vers, murmurés sous un balcon. Des mots tremblants, des mots d'amour. Des mots qu'elle ressentait ? « Le voile derrière le voile derrière le voile… Pourquoi pas ? »

Alors, elle se lança.

— *C'est un crime*
Lorsqu'on aime de trop prolonger cette escrime !
Le moment vient d'ailleurs inévitablement
– Et je plains ceux pour qui ne vient pas ce moment ! –
Où nous sentons qu'en nous une amour noble existe

Que chaque joli mot que nous disons rend triste !
[Ces mots]
Tous ceux, tous ceux, tous ceux
Qui me viendront, je vais vous les jeter, en touffe,
Sans les mettre en bouquet : je vous aime, j'étouffe[1]…

Elle poursuivit, transformant le dialogue en tirade, s'arrêtant avant que Cyrano implore la Mort de venir le chercher. La suite était bien trop osée. Quand elle se tut, Axel demeura longtemps silencieux, une expression indéchiffrable dansant au fond de ses prunelles de nuit. Enfin, il sourit. Un sourire sincère, peut-être un peu étonné.

Et Cléo comprit que, dans le duel qui s'était engagé ce soir, elle avait emporté la première manche.

« Combien de temps, encore ? », avait-elle demandé à Bel, ce matin. Le doyen avait examiné avec attention ses blessures, propres et presque refermées avant de répondre. « Demain, si tu le souhaites, tu pourras repartir. Je ne m'y opposerai pas. Mais à mon avis, tu devrais prendre le temps de te reposer quelques jours ici. Qui sait ? Peut-être auras-tu l'occasion de rencontrer certains d'entre nous ? » Il était parti sans rien ajouter, énigmatique, exaspérant et en même temps curieusement stimulant. La jeune fille avait l'impression que l'homme-rat l'appréciait – du moins, ne la considérait ni comme une ennemie ni comme un monstre. Elle

1. Edmond Rostand, *op. cit.*, acte III, scène 7.

aurait aimé lui poser des questions, n'avait pas osé. Et puis, c'était à Lyn de l'interroger.

Axel lui avait brièvement montré comment utiliser les toilettes, situées au fond de son antre. Elles comportaient un lavabo métallique, un miroir semé de marques brunes, fendu sur toute la longueur et un espace, troué en son centre, comportant un système de poulie permettant une douche rudimentaire – un peu semblable à ceux qui étaient installés au Passage. Une balle de toile remplie de mousses saponifères lui avait permis de se décrasser.

Après avoir passé ses vêtements et grignoté le biscuit bistre, légèrement cartonneux, que lui avait laissé l'ailé pour déjeuner, elle examina les livres rangés sur l'étagère. Elle connaissait l'un d'eux : *Antigone*, une pièce de théâtre racontant la rébellion d'une jeune fille face à l'injustice des hommes, loyale jusqu'à la mort à son frère défunt et aux dieux. Les autres, des romans, lui étaient inconnus. Leur contenu l'intimidait étrangement. Au bout d'un moment, elle se décida : petit format, tranche dont on devinait encore le brillant, titre lisible, et intrigant – peut-être parce que Lyn avait échappé de peu à celles des Dégénérés : *Le Châtiment des flèches*. L'intérieur, malheureusement, était en mauvais état. La carte située au début de l'ouvrage était illisible ; certaines pages manquaient ; l'encre, à plusieurs endroits, avait bavé. Cléo se lança néanmoins dans la lecture. Les chapitres, assez courts, alternaient deux points de vue. Celui d'István, héritier d'une couronne disputée, allié à de puissants guerriers, et celui de son oncle au nom imprononçable, héritier de traditions millénaires. Des frères ennemis portant dans leur sang, Cléo le devinait, la malédiction d'un peuple déchiré.

On le regardait en silence, déchiffra-t-elle, la page étant particulièrement abîmée. *Ce qu'il avait pris pour une végétation très sombre était en fait un tapis de corbeaux. Énormes et noirs, ils s'étaient posés partout : sur le sol, les branches, les buissons*[1]...

Des corbeaux. Décidément ! Même absent, Axel s'arrangeait pour être présent... Singulière torture. Involontaire, bien sûr. Avec un soupir, elle s'apprêtait à reprendre sa lecture quand la porte s'ouvrit précautionneusement.

Un visage ovale, de longues plumes couleur rouille en guise de chevelure, des iris turquoise : c'était Lyn. Bondissant sur ses pieds, la jeune fille se précipita vers elle, s'arrêta juste avant de la serrer contre son cœur. La Chimère, dans sa lettre, avait édulcoré maints détails : outre son aile blessée, maintenue à demi ouverte par une attelle, elle souffrait de nombreux hématomes et son bras gauche était râpé du coude à l'épaule ; de plus, elle boitait.

— Je me suis cognée contre une façade en tombant, déclara Lyn avec une moue de dérision. Ça passera !

— Je comprends pourquoi Axel t'a enfermée, murmura Cléo. Si tu étais venue...

1. Fabien Clavel, *Le Châtiment des flèches*, J'ai Lu, 2012.

Elle frissonna. Tybalt et ses maraudeurs ne lui auraient pas laissé une chance.

— Je suis censée me reposer, mais j'en avais assez d'être tout près de toi sans pouvoir te voir ni te parler ! Tu m'as manqué.

Cléo pressa tendrement sa main. Elles demeurèrent ainsi, heureuses d'être enfin réunies, silencieuses pour mieux savourer ce moment. Enfin, elle prit la parole.

— J'ai découvert certaines choses à propos de nos parents, en revenant au Passage.

— Tu crois vraiment que nous sommes jumelles ?

— Pas toi ?

— Si, mais je voulais être sûre... Parfois, je me laisse emporter par mes sentiments et je me trompe.

— Tu craignais que je t'oublie ? Remarque, j'ai essayé, avoua Cléo. Pas longtemps. Là-bas, j'avais une sœur. Des parents adoptifs. Un ancrage. Et puis, depuis toujours, on m'apprenait à haïr tout ce qui n'était pas humain. Les vôtres, en particulier, puisqu'ils étaient responsables de la mort de mes parents... C'est difficile de se débarrasser de tout ça. D'une vie entière. Maintenant, je n'ai plus vraiment le choix. Si je retourne au Passage, ils essaieront de me tuer.

— Alex m'a un peu raconté. Ce Mens parlait peut-être sous le coup de la colère, non ?

Cléo secoua la tête.

— Tybalt et moi étions ensemble.

Ensemble. Ce mot, qui en valait bien un autre, lui semblait plus juste qu'amants, amoureux ou simplement amis.

— Je suis désolée, murmura Lyn. Il a dû croire...

— Peu importe ce qu'il a cru ! Il croyait n'importe quoi de toute façon. Désolée, reprit la jeune fille, plus doucement. Son nom suffit à me mettre en colère. Tybalt… Un imbécile autoritaire et égoïste. Une brute rongée par la jalousie. Tu ne peux imaginer à quel point je le déteste.

— Mais pourquoi…

— Pourquoi je suis restée avec lui ? termina Cléo. J'avais plein de raisons, crois-moi. Toutes plus mauvaises les unes que les autres. La peur, d'abord. Tybalt est le chef des maraudeurs, tu vois. Les jeunes éclaireurs de notre clan. Je ne voulais pas me mettre les autres à dos. L'habitude, aussi. L'habitude et le confort. Je me laisse faire, en échange tu fais de moi la numéro deux. Et puis, pendant longtemps, je ne me suis pas rendu compte de *qui* il était. J'ai commencé à ouvrir les yeux peu de temps avant… avant de rencontrer Axel et cet enfant-rat. Marcus, mon père adoptif, m'emmenait souvent chasser en sa compagnie. M'apprenait des trucs – survivre sans eau ni vivres, mettre en fuite une meute de singes ou de chiens, affronter… les Chimères. Du coup, je suis une très bonne combattante. Tybalt a fini par voir en moi une rivale. Il essayait sans cesse de me rabaisser et, quand j'ai décidé d'intégrer les arpenteurs – des guerriers chargés de la protection du territoire –, il a tout fait pour m'en dissuader. Il devenait possessif, aussi. Et jaloux. M'imposait, pour un oui pour un non, sa présence, ses baisers, ses caresses qui n'en étaient pas. La situation s'est dégradée quand j'ai commencé à poser des questions sur mon tatouage – et plus encore quand je suis revenue au Passage. Il se fichait pas mal de ce que j'avais subi dans les sous-sols. Ma prétendue infidélité l'obsédait. Il m'a violée, Lyn.

Cléo se mordit les lèvres, les yeux vagues. Elle n'avait jamais encore prononcé ce mot. N'aurait jamais songé, avant cet instant, à le lier à ce que Tybalt lui avait fait subir. Et pourtant, c'était ça. Six lettres. Six lettres capables de contenir toute cette violence.

— Il m'a violée, oui, reprit-elle plus doucement. Il utilisait déjà mon corps pour son propre plaisir, comme si j'étais un objet contre lequel on se frotte ou dans lequel on s'enfonce, alors…

— Je suis désolée, Cléo.

Lyn était livide. Des larmes brillaient dans ses prunelles turquoise.

— Je me suis vengée. Ça n'a rien effacé, mais la honte a disparu. Elle s'est transformée en mépris. Tybalt peut essayer de me tuer, va ! Il n'y arrivera pas.

La Chimère embrassa doucement ses cheveux.

— Tu n'es pas obligée de le revoir, de toute façon.

— Il faudra bien que je retourne au Passage. Au moins pour ma sœur adoptive. Je ne veux pas la laisser croire les mensonges de cette pourriture. Tania m'a toujours soutenue, tu vois, expliqua Cléo. C'est elle qui m'a aidée à fouiller dans les archives du Clan, pour tenter de trouver des indices sur notre tatouage, puis sur nos parents. Je lui dois la vérité. Et puis, je veux qu'elle sache que j'essaierai d'être là pour elle, quoi que nous réserve l'avenir.

Mais Tania le souhaitait-elle ? Leurs relations s'étaient tellement dégradées ! Elle se rappela les paroles amères de sa cadette, lors de leur dernière entrevue – *T'as toujours été la préférée. Pas seulement de mon père. Les autres…*

ils ne me voient même pas quand t'es là… La blonde jeune fille l'avait encouragée à partir pour découvrir la vérité au sujet de sa famille, de son tatouage. Mais peut-être aussi pour se débarrasser d'elle. D'autres phrases lui revinrent en mémoire. *À ton avis, les choses changeraient si je leur disais que tu n'es pas vraiment des nôtres ? Pas même une Ashes ?*

Tania l'avait-elle trahie ? Avait-elle permis à Tybalt de la suivre ?

— Cléo ? Ça va ? interrogea Lyn. Tu es pâle, soudain.

— Des idées noires. Sans intérêt, esquiva Cléo avec un rapide sourire. Mais, dis-moi, as-tu découvert des choses à propos de notre passé ?

4

Lyn ébouriffa ses plumes, puis se leva et alla se percher sur le tabouret d'Axel. De violentes bourrasques cinglaient les parois du wagon. Il y eut un coup de tonnerre, puis un éclair déchira le ciel, illuminant son profil, nimbant l'espace d'un instant ses longues rémiges fauves d'étincelles mordorées.

— J'ai pu poser quelques questions, commença-t-elle. À Bel, à Axel bien sûr, et à quelques anciens.

— Axel n'est pas un peu jeune pour avoir des réponses ?

— Il a quatre hivers de plus que moi, et plus de souvenirs. Il me protège depuis que je suis toute petite, tu sais. C'est pour ça que je le considère comme mon frère, même si c'est la communauté qui m'a élevée. Je t'avais dit, je crois, que l'on m'avait trouvée en pleine période de conflits ? Le Nid combattait à la fois des Mens et des Chimères établies sur l'autre rive du fleuve. Nul ne s'est vraiment préoccupé de savoir comment j'étais arrivée là ni ce que mes parents étaient devenus – même de chercher leurs cadavres alentour. Je ne pleurais pas. Je ne disais rien – pas même un gazouillis. Il m'a fallu cinq ans pour ça. Entre-temps, j'avais découvert la musique. Axel a taillé une flûte dans un os : c'est devenu ma façon de m'exprimer. Une fois que j'ai été capable de parler, personne n'a pensé à me poser des questions. Personne n'a voulu, peut-être. Par peur de me perdre. Le temps a passé. J'ai presque oublié que je n'étais pas née parmi eux. Je suis devenue musicienne, guerrière parce qu'il le faut bien. Et puis… je t'ai rencontrée. Ce qui nous ramène à Axel, Bel et ce que je leur ai demandé. Au sujet de ce dragon, d'abord, dit-elle, désignant du bout des doigts le tatouage sur son poignet. Puis de… de l'histoire de nos parents, le plus discrètement possible jusqu'à ces derniers jours.

Cléo plissa les yeux. « Connaissaient-ils les meurtriers ? Les avaient-ils protégés ? Avaient-ils participé à la mise à mort ? »

— Arrête ! siffla Lyn, devinant ses soupçons. Il n'y a pas d'assassins, ici.

— Vraiment ?

— Vraiment.

Elle avait répondu d'un ton sec, blessée par sa défiance. La jeune fille s'en voulut aussitôt, mais ne présenta aucune excuse. Elle ne le voulait pas. Ne le pouvait pas. Au Passage, tout n'était que conflits, lois, hiérarchie. On luttait pour survivre, on ne perdait pas de temps avec la lecture, la musique – on se préparait chaque jour au pire. En regard de son clan, le rassemblement où avait grandi Lyn lui paraissait trop beau pour être vrai. Factice. Pas d'assassins chez les Chimères ? Et puis quoi encore ? Jamais de conflit, tout le monde s'aime, on pardonne tout, même – surtout – la différence ? Une illusion de bonheur, destinée à endormir et étouffer les personnes, leurs aspirations, leur identité. À les culpabiliser. Tu es un monstre ? On te pardonne. Ce n'est pas ta faute si tu n'es pas comme nous.

De la merde, oui.

Des mensonges et de la merde.

Lyn s'y était laissé engluer depuis toute petite. On l'avait noyée dans de prétendus bons sentiments – comme elle avait elle-même été étouffée dans une haine vengeresse. À la fin, c'était la même chose. Leur prétendue tolérance – mot hypocrite, horripilant – volerait en éclats dès qu'ils apprendraient la vérité. Lyn était l'enfant monstrueux d'une Norm et d'un des leurs ; la présence de sa jumelle le prouvait. Ils réclameraient sans doute un exil. Pas de mise à mort : cela nuirait à leur image, et Axel ne leur pardonnerait pas. Le bannissement permettait la même chose, sans avoir à se salir directement les mains.

— Arrête ça !

— Quoi ? sursauta la jeune fille, arrachée à ses sombres réflexions.

— Tu es hérissée, hostile. Je ne comprends pas. Que se passe-t-il ?

Cléo se mordit les lèvres. À quoi bon lui dire ce qu'elle ressentait et craignait ? À quoi bon la blesser ? Lyn découvrirait assez tôt le mensonge dont elle était la dupe.

— Rien d'important, sourit-elle. Je me fais du souci pour Tania, c'est tout. Mais tu me disais que tu avais parlé de nos dragons jumeaux. Tu as appris quelque chose, alors ?

— L'identité probable du tatoueur.

« Ben voyons. Et personne n'avait jugé bon, auparavant, de lui en parler ou d'aller le trouver pour lui poser des questions. »

— Ou plutôt, reprit Lyn, son espèce.

Cléo haussa un sourcil.

— Ils seraient l'œuvre d'un des Tritons, qui vivent dans les marais, du côté du Grand Creux.

— Un… quoi ?

— Un Triton. C'est ainsi que se nomment ces êtres aquatiques. Bel pense qu'il n'y a qu'eux pour créer des œuvres aussi précises et durables. Il m'a expliqué que la plupart des tatouages ternissent et se brouillent avec le temps. Les leurs, jamais.

— Nos parents seraient allés là-bas, juste pour ça ? Et ils nous auraient emmenées ? Mais ils risquaient… On dit que les choses… les Tritons… enfin, peut-être que ce ne sont pas eux… On dit qu'ils sont cannibales.

— On dit aussi qu'ils dépouillent leurs proies, utilisent leur fourrure et leurs plumes pour décorer leurs tanières et que la seule chose qui les sépare des Dégénérés, en dehors de l'espèce bien sûr, c'est qu'ils sont sédentaires.

— Et… C'est vrai ?

— Les Tritons sont un peuple à part, répliqua Lyn en haussant les épaules. Secret, isolé. Primitif, certainement. Certains des nôtres ont des échanges avec eux, et je crois que les rumeurs ne sont pas fondées. Mais j'imagine qu'ils ont dû se battre pour conserver leur territoire ; des crânes plantés au bout d'une pique, des trophées exhibés face à l'ennemi… Sans compter leur capacité à respirer sous l'eau, à y attirer leur proie, à l'y noyer. Ça suffit à asseoir une réputation, non ?

Cléo acquiesça sans répondre. Junie et leur père – ignorer son nom devenait soudain une gêne, une souffrance – s'étaient-ils réfugiés là-bas ? N'y avaient-ils effectué qu'un bref séjour ? Les yeux rivés au serpent ailé dessiné sur son poignet, elle s'efforçait de se remémorer les odeurs et les sons des marécages. Peine perdue. C'était comme si, brusquement, un mur se dressait entre elle et son passé.

— Je ne me souviens de rien, moi non plus, murmura Lyn. J'ai essayé, pourtant. Il n'y a rien à faire. Ma mémoire a été mutilée.

Cléo comprit que la Chimère n'évoquait pas seulement cet épisode – mais un pan entier de son existence. Émue, elle effleura sa joue du bout des doigts.

— Nous ressemblons beaucoup à notre mère, murmura-t-elle. Ses yeux étaient verts, et ses cheveux peut-être un peu plus clairs, mais c'est tout. Elle nous a protégées jusqu'au bout. Et quand ils l'ont traînée dans les flammes, elle a tout fait pour qu'on m'épargne le spectacle de sa mort.

— Et notre père ?

— Un ailé, comme toi. Ses derniers mots pour moi ont été « je t'aime ». Mais je ne me souviens pas de son visage. Seulement des plaies rouges dans son dos.

Les chairs de Junie, lacérées et tuméfiées. Celles de leur père, ensanglantées – et puis les deux blessures, béances d'où pointaient des os souillés de sang, de tendons et de plumes. Des plumes gris et blanc. Cette voix, rocailleuse, chargée de haine, pendant qu'on les traînait jusqu'au bûcher…

— Je n'ai rien appris d'autre à propos du dragon, souffla Lyn, le regard tourné vers la fenêtre ternie par la pluie et l'humidité. Pour en savoir plus, il faudrait rencontrer les Tritons. Concernant mon arrivée à la Tour de l'Horloge et ce qui a pu se passer avant, je n'ai pas grand-chose, à part que j'ai été trouvée sur cette rive, non loin du fleuve.

— De mon côté, j'ai pu reconstituer une partie de leur histoire. Pas en posant des questions, ça n'aurait servi à rien, mais en fouillant les archives de mon Clan. Il y a une sorte de salle aux trésors, dans les sous-sols du Passage. On trouve un peu de tout, là-bas. Des trophées, des urnes funéraires, les crânes des défunts. Des vêtements, des objets ramassés un peu partout comme butin. J'y ai découvert une statuette d'Amour et Psyché. Amour était un être ailé, le fils d'une déesse, précisa-t-elle à sa jumelle intriguée. Psyché était une humaine jalousée par ses aînées en raison de sa beauté. Amour l'enleva et cette jeune fille au cœur dur tomba éperdument amoureuse de lui. Amour lui fit promettre de ne pas chercher à connaître son identité, mais, poussée par ses deux méchantes sœurs, Psyché insista. Il céda, mais fut obligé de la quitter. Un serment fait à sa mère, si je me souviens bien. Abandonnée, Psyché partit à sa recherche et, après maintes épreuves, les amants furent enfin réunis. Bref, il y avait ces figurines enlacées, et je ne sais pas, peut-être parce que ça m'a fait penser à nos parents, je les ai examinées avec pas mal d'attention. Une phrase était gravée sur le socle : *Junie, voici les ailes de mon amour. Marcus.*

— Marcus ?

— Mon père adoptif.

Lyn pâlit.

— Oh, je suis désolée ! Ça doit être…

— Ce n'est pas ce que tu crois, coupa Cléo. Je suis sûre au contraire que Marcus les a aidés. À mon avis, il savait que notre mère aimait une Chimère, et lui-même était épris d'une autre femme : Dora. Il a tout fait pour les protéger, et me protéger ensuite.

— Vraiment ? esquissa Lyn, une moue dubitative jouant sur ses lèvres pleines.

— Vraiment. Je suis convaincue que sans cela, il ne m'aurait pas recueillie. Le clan a des idées bien arrêtées, tu vois. Sur le bien et le mal, sur ce qui se fait ou non, sur ce qui peut vivre ou doit être traqué et éliminé. Quand Tania a su ce que j'étais... Elle ne m'a pas rejetée : nous avons grandi ensemble après tout. Mais elle a dit que mon existence était un sacrilège, que j'étais une abomination contre nature. Alors, imagine la réaction des autres ! Marcus a pris un risque énorme, en m'adoptant. Si son secret avait été découvert, sa famille aurait été chassée et moi, mise à mort.

— Je croyais qu'il t'avait appris à nous haïr !

— Parce qu'il avait peur pour moi ? Parce que des Chimères ont tué nos parents, et qu'il n'a rien pu faire ?

Lyn ne répondit pas, se contentant de la contempler en silence. Cléo détourna les yeux, incapable de soutenir son regard. Ses paroles semblaient creuses, soudain. Dérisoires. Comme si elle essayait de se persuader de leur véracité sans y parvenir. Pourtant, elle avait raison. Impossible qu'il en aille autrement. Marcus l'avait recueillie, élevée comme sa propre fille, partageant avec elle des moments privilégiés, lui apprenant à se défendre et à tuer. C'était la preuve qu'il tenait à elle. Et respectait certainement une promesse faite à sa mère.

Cléo leva la tête vers elle, déterminée à défendre son point de vue mais n'en eut pas le temps. La mine sombre, Axel passa le seuil du wagon.

Ses rémiges noires, que la pluie parait de reflets bleutés et luisants, rehaussaient la blancheur marmoréenne de son visage et l'éclat de ses yeux d'onyx. Le débardeur trempé, plaqué contre son torse, épousait son corps musclé et duveteux où l'eau avait tracé des sillons, y dessinant des formes abstraites, pareilles à des tatouages.

— Qu'est-ce que tu fiches ici, Lyn ? gronda-t-il, découvrant l'ailée sur le tabouret.

— Je suis venue voir Cléo.

— Bel t'a interdit de faire des efforts.

— Si je n'avais pas pris les devants, je n'aurais jamais pu voir ma sœur.

— Cette Norm n'est pas…

— Si, coupa-t-elle, sautant de son perchoir pour venir à côté de Cléo. Regarde-nous, Axel ! Peux-tu encore nier l'évidence ?

L'homme-corbeau fronça les sourcils sans répondre, les observa l'une après l'autre avec attention. Cléo soutint l'épreuve du mieux possible, espérant cacher son émoi par un regard lointain. Sentit la main de sa jumelle se poser sur la sienne, la serrer, comme pour lui instiller un peu de force.

« Elle a deviné. Forcément… »

— Alors ? reprit Lyn, une pointe de défi dans la voix.

— Alors je ne comprends pas comment c'est possible, murmura-t-il. Tu m'as expliqué, je sais. Et elle m'a parlé de ce tatouage, m'a dit la même chose que toi. N'empêche. Cela me semble… incompréhensible.

« Elle. » Axel avait craché ce mot. Avec hargne. Et mépris.

Cléo se mordit les lèvres pour ne pas pleurer.

— C'est simple, pourtant. Notre mère, Junie, était une Mens, expliqua la Chimère. Notre père, comme toi, était un homme-oiseau. Ils sont tombés amoureux l'un de l'autre, ont voulu vivre libres, loin des guerres et des conflits. Ils ont probablement trouvé refuge, un temps du moins, chez les Tritons dans les marais. Ensuite, ils ont été capturés – Cléo pense que ce sont les nôtres qui les ont tués, je n'en suis pas sûre – puis brûlés vifs. Sous ses yeux. Moi, je ne me souviens de rien.

— Une Norm et un ailé ? C'est…

— Contre nature ? Tu vois, ton opinion n'est pas différente de celle des nôtres, Axel, siffla Cléo. Et j'imagine que si Lyn et moi étions nées ici, on nous aurait étouffées à la naissance. Ne t'inquiète pas : dans mon clan ils auraient agi pareil. C'est ce que font les gens civilisés, je crois. Ils éliminent les abominations.

— Cléo !

— Tu sais, Lyn, poursuivit-elle d'une voix monocorde, j'ai parlé avec une ancienne esclave. Elle m'a raconté qu'une de ses compagnes d'infortune avait mis au monde un hybride. Ils l'ont tué. Ses mots ont été : « C'était couvert de poils roux et ça ne cessait de glapir. Et même les Ashes n'en auraient pas voulu. »

Lyn voulut intervenir. D'un geste, la jeune fille l'en empêcha.

— Pas facile d'admettre qu'elle aussi est un monstre, n'est-ce pas ? Que vas-tu faire, hein ? La chasser, l'abattre peut-être ?

— Tu es folle ? Lyn est ma sœur. Je ne laisserai personne lui faire du mal. Personne ! rugit l'ailé, empoignant son bras avec férocité.

Ignorant la douleur, Cléo se dégagea sèchement, blême, poings serrés. Prête à frapper. Se défiant du regard, ils se firent face, mus par une même rage, une même volonté. Aucun d'eux ne bougeait, attendant le premier mouvement de l'autre pour bondir. Autour d'eux, tout avait disparu : seul comptait le moment présent, la colère brûlante qui les animait.

— Ça suffit ! explosa soudain Lyn, faisant voler en éclats la bulle incandescente, invisible, qui les enveloppait. Axel, je suis assez grande pour me défendre, et décider seule de mes fréquentations. Cléo est ma jumelle, nous sommes du même sang et, que cela te plaise ou non, je l'aime. Cléo, j'en ai assez de t'entendre nous traiter d'aberrations contre nature ! Et j'en ai assez, aussi, de tes préjugés à l'égard des nôtres !

Lyn les saisit chacun par l'épaule, les jaugeant à tour de rôle, furieuse.

— Vous savez quoi ? Je vais retourner dans mon wagon. Et je ne verrai plus aucun de vous, jusqu'à ce que vous ayez trouvé le moyen de vous entendre.

Elle les lâcha, alla jusqu'à la porte. L'ouvrit. L'averse avait cessé, laissant place à un froid poisseux sous un ciel encore bas.

— Je serais vous, j'irais faire un tour dans les marécages du Grand Creux, lança-t-elle, avant de les quitter. Avec mon aile brisée, j'en ai encore pour des jours avant de pouvoir bouger. Mais ça vous permettrait d'en apprendre un peu plus sur notre passé. Et, si vous décidez de vous entretuer, au moins je serai loin.

5

Quand Axel et Cléo sortirent, l'aube, pâle et nuageuse, nimbait la ville de lueurs grisâtres. Quelques taches plus claires dansaient parfois sur les bâtisses en ruine. Une fois dehors, la jeune fille ferma les yeux et inspira longuement avant de les rouvrir, heureuse d'être enfin à l'air libre. Elle n'avait pas eu l'occasion, depuis son arrivée, de voir l'extérieur, les fenêtres de peau étant trop épaisses pour laisser filtrer autre chose que la lumière. Une énorme tour carrée surmontée d'un bulbe, aux cadrans encore visibles, dominait le Nid des Chimères. En son sommet était perchée une silhouette dont les ailes semblaient également de pierre. Saisie, elle contempla longuement l'édifice avant d'observer le reste du domaine. Elle découvrit d'abord une vingtaine de wagons, tronçons sectionnés de longs serpents mécaniques, répartis de façon anarchique parmi les broussailles, les épaves rouillées et les morceaux de béton puis, masquée par un immense squelette métallique recouvert de ronces et d'herbes grimpantes, l'ombre d'un bâtiment. De l'autre côté, un terrain pelé. De temps à autre se devinait un long rail rouillé, étiré à l'infini, route cahoteuse semée de blocs d'où, dressées vers le ciel, s'échappaient d'étranges tiges tordues.

— C'est immense, souffla-t-elle, se tournant vers l'homme-corbeau.

— Le domaine s'étend jusqu'au beffroi. Nous sommes assez nombreux pour le protéger. Tu es prête ?

Ton froid, laconique.

Il s'engageait dans cette expédition pour faire plaisir à sa sœur adoptive – et seulement pour ça. Il le lui faisait parfaitement ressentir.

Serrant les boucles de sa veste râpée, maintes fois rapiécée, amalgame de peaux collées et de métal, Cléo vérifia le contenu de son sac – deux galettes brunes, une gourde d'eau filtrée, des pansements – et le fil de son poignard nouvellement aiguisé, raffermit sa prise sur la javeline d'os que la Chimère lui avait donnée, puis hocha la tête.

Sans un mot, Axel lui tourna le dos et partit en direction de l'ouest.

Lorsque Lyn, deux jours plus tôt, les avait laissés seuls avec ce défi, ils n'avaient eu d'autre choix que celui de discuter. Et avaient résolu, assez rapidement, de tenter l'épreuve : quoi qu'il advienne, Lyn n'aurait pas à se rendre dans les marais et risquer sa vie. Une fois leur décision prise, une fois Bel prévenu, ils s'étaient comportés en parfaits étrangers, évitant autant que possible de s'adresser la parole ou de se croiser. Le rideau de séparation n'avait pas une fois été tiré. Pour passer le temps et chasser les pensées qui la hantaient, Cléo avait tenté de poursuivre le roman trouvé sur les étagères de son hôte. Mais *Le Châtiment des flèches*, avec ses personnages écartelés entre deux mondes, déchirés entre les liens du sang et ceux de la foi, avec ce déterminisme sournois spécifique aux tragédies, exacerbait ses propres tourments. La mort d'un des héros auxquels elle s'était attachée – ou, peut-être, la faiblesse de son homme-lige – avait mis un terme à sa lecture. *La Guerre des clans* ne la tentant pas, elle était restée en terrain connu : *Antigone*. Au soir, Bel avait examiné ses dernières blessures et lui avait laissé une petite pochette contenant bandages et baumes. Venu lui rendre sa veste de cuir et ses bottes hautes, rapiécées et renforcées, Axel était rapidement reparti. Il n'avait pas dormi dans le wagon, ne rentrant qu'un peu avant l'aurore. Cléo, meurtrie par son absence et furieuse de l'être, ne lui avait pas adressé la parole. Jusqu'à présent.

Mais lui ne paraissait pas vouloir la moindre discussion. Il allait devant elle, ses grandes ailes repliées dans son dos formant un bouclier de plumes, frontière obscure qui les isolait l'un de l'autre.

Ils contournèrent le domaine, passant à l'ombre de ruines aux façades éventrées, noires de scories. Les blocs énormes, massifs, n'avaient pas résisté au Cataclysme qui s'était abattu sur le monde autrefois ; les pluies corrosives, les tempêtes – puis simplement le temps – avaient cautérisé la chair grenue des pierres, la rendant aussi lisse et polie qu'un morceau d'ossement. Ici, les immeubles étaient plus rares qu'au Passage mais plus hauts, laissant deviner sous la crasse un peu de leur splendeur d'antan. Une autre tour, vestige d'un édifice aux rondeurs incongrues, répondait au beffroi surplombant le Nid. Au-dessus de trouées ovales d'où perçait la lumière du matin, des encorbellements arrondis marquaient les étages – ou ce qu'il en restait.

Bruissement dans l'air.

Instinctivement, Cléo se figea, raffermit sa prise sur sa courte lance.

Gracieuse, une ailée aux grands yeux orangés se posa devant eux. Penchant la tête sur le côté, elle la scruta brièvement puis, glissant une main dans les pennes blanches et rousses qui auréolaient son visage en forme de cœur, sourit à Axel. Cléo reconnut l'une des Chimères qu'elle avait affrontées, le jour où elle avait rencontré sa jumelle et, voyant qu'il lui rendait son sourire, sentit une bile amère envahir sa gorge.

— Si je comprends bien, Lyn t'a décidé à partir ?

« Au moins, ils n'ont pas passé la nuit ensemble, songea Cléo. Sinon, elle ne poserait pas cette question. »

— Elle semble vraiment tenir à tout ça, alors…

— Tu ne crois pas qu'elle a raison ? murmura la nouvelle venue. On ne peut nier leur ressemblance – d'ailleurs, je ne comprends pas comment j'ai pu ne pas m'en apercevoir lorsque je l'ai vue pour la première fois – et cette… fille… ne paraît pas si mauvaise que ça.

« Elle parle comme si je n'étais pas là, mais au moins ne m'a pas traitée de Norm. J'imagine que c'est un effort pour se montrer aimable ? »

— C'est vrai, autant tirer cette histoire au clair le plus vite possible, soupira Axel. Et puisque, selon Bel, la piste de ce fichu tatouage mène aux Tritons, c'est là que nous allons.

— Lyn me l'a dit, oui. C'est pour cette raison que je suis descendue de mon perchoir. Pour te… pour vous prévenir, reprit-elle avec un bref coup d'œil en direction de Cléo. Marlo et Senli chassent du côté des marécages et m'ont rapporté qu'ils avaient entendu du grabuge. Des bruits de combat, des cris. Je ne sais pas ce qui se trame, mais vous feriez mieux d'être prudents.

— Tu sais, Kio, c'est peut-être une chance, réfléchit Axel. Si on leur donne un coup de main, ils seront certainement plus enclins à répondre à nos questions.

« Exactement ce que je pensais », se dit Cléo, lui lançant un coup d'œil discret.

— Et si leurs ennemis sont des…

— Des Mens ? intervint la jeune fille. Ne t'inquiète pas pour ça. Aucun membre de mon clan ne s'aventurerait là-bas. Quant aux autres…

Elle haussa les épaules. La femme-chouette la dévisagea, surprise. Axel l'ignora ostensiblement.

— Tu sais bien qu'il y a des Dégénérés en ville, rappela-t-il à Kio. Regarde ce qui est arrivé à Lyn – et ce n'était pas loin du Grand Creux ! Ces cannibales sont de mieux en mieux préparés, et de plus en plus hardis. Je ne serais pas étonné qu'ils se soient risqués dans les marais.

— Au Nord, ils ont quasiment décimé un rassemblement entier, souligna Cléo, déterminée à ne pas demeurer à l'écart. Les Rejetons de Lazarus, des barbares scarifiés des pieds à la tête, à peine moins féroces qu'eux.

— Dans les marais, les Dégénérés auront plus de peine à utiliser leurs flèches enflammées, reprit-il. Tout est tellement humide et poisseux, là-bas ! Mais je crois que nous ne serons pas trop de deux, pour aider les Tritons à les repousser. Et puis, je n'ai pas oublié la mort d'Ani…

Ani. Lyn avait évoqué ce nom au cours de leur fuite, quand elles s'étaient cachées pour échapper aux cannibales près du Grand Creux. L'ailée avait été fauchée en plein vol, par une arme d'une puissance inconnue. Pourquoi cette tristesse, dans la voix d'Axel ? Qui étaitelle, pour lui ?

Kio posa doucement la main sur le bras de son ami.

— Personne n'a oublié, Axel. Personne ne l'oubliera jamais. Je dois retourner sur mon perchoir à présent, ajouta-t-elle, s'écartant de lui. Soyez prudents – et tâchez de veiller l'un sur l'autre.

Sur ces mots, la femme-chouette déploya ses ailes et s'envola vers le sommet de la tour, les laissant seuls à la croisée des chemins creusés de boue et de gravats.

Les immeubles disparaissaient, laissant place à une eau glauque où flottaient, épars, plantes mortes et débris. Des langues de brume la couvraient de volutes malsaines et, de temps à autre, des bulles de gaz crevaient la surface. Les roseaux, immenses tiges jaunâtres, transformaient cette étendue huileuse en labyrinthe dont émergeaient quelques constructions aux trois quarts immergées.

243. Le numéro du dernier bâtiment qu'ils avaient dépassé. Peut-être pas le dernier, mais le seul dont Cléo se souvenait, parce qu'il y avait encore sur les murs du rez-de-chaussée un peu de peinture et les restes d'une enseigne rouge et blanc. Au-delà, elle n'avait plus aucun repère. Longeant les marécages, ils grimpèrent une pente irrégulière faite de décombres crayeux et

de fange. Le soleil était haut dans le ciel, mais celui-ci demeurait gris, voilé par les nuages. Ils continuèrent un moment, puis atteignirent des vestiges de pierre, hauts d'environ deux mètres, assez larges pour les accueillir tous deux et les dissimuler partiellement.

— Nous allons nous installer ici pour le moment, déclara Axel, se débarrassant de son paquetage. Inutile d'aller dans les marécages sans avoir une idée de ce qui nous attend.

— On peut manger, se reposer, monter la garde. Je proposerais bien de faire une reconnaissance, mais je crois que ce serait complètement stupide. Pour l'instant, il vaut mieux que nous restions ensemble.

Cléo s'exprimait d'un ton mesuré, attentive à ne laisser paraître aucune émotion.

Rester neutre. Ne montrer aucune blessure. Aucun sentiment. Scruter les formes indéterminées surgissant parfois du brouillard et se glissant entre les ajoncs. Écouter les bruits lointains des marais. Mastiquer un morceau de galette, le transformer en bouillie dans la bouche en espérant qu'ainsi il ne restera pas coincé dans sa gorge. Surtout, ne pas le regarder. Ou alors, sans le voir vraiment. En brouillant ses pommettes hautes, ses yeux de nuit, ses cils de plume et sa bouche sensuelle, en les transformant en taches indistinctes.

Avoir les yeux brûlants à force de se concentrer sur le vide – et certainement pas à cause de lui.

— Je prends le premier tour, décida la Chimère en se levant, une fois leur en-cas terminé. Profites-en pour te reposer.

Cléo se recroquevilla dans un coin de leur abri de fortune, le menton sur les genoux. Mal au cœur, mal à l'âme, personne à qui parler. Et l'animosité d'Axel rendait cet isolement encore plus difficile et plus évident. Elle avait cru, pourtant, qu'un lien ténu s'était créé entre eux. Leurs discussions, même brèves. Le défi lancé l'autre soir. Le désir, presque palpable, qu'elle avait cru déceler en lui…

« Mon désir. Son dégoût. »

Des larmes silencieuses glissèrent le long de ses joues. Elle les laissa rouler sur son menton, puis se perdre dans le cuir de sa veste.

Elle était seule. Complètement seule. Coincée, non entre deux mondes, mais en dehors de ces mondes, elle n'avait nulle part sa place. Ni au Passage où elle avait grandi, ni auprès de Lyn et des siens. Ni même là-bas, dans les univers des livres qu'elle aimait tant. Ses pensées, confuses, mêlaient souvenirs, théâtre et réalité. Personnages et êtres de chair et de sang étaient liés, se confondaient – et puis, elle avait toujours utilisé les premiers pour comprendre les autres, imaginant l'irruption d'un Cyrano au Passage, créant des correspondances entre eux. Othello et Tybalt. Tania et Viola[1].

« Et moi ? Qui suis-je ? Je suis venue ici pour chercher l'origine de notre tatouage, pour avoir des réponses sur notre passé, savoir qui a tué nos parents. Mais il y a Axel, et à part lui, plus rien n'a d'importance… *C'est Vénus tout entière à sa proie attachée.* »

---

1. Othello, qui donne son nom à la tragédie éponyme de Shakespeare, est un héros que la jalousie transforme en meurtrier. Viola, le principal personnage de *La Nuit des rois* (également de Shakespeare), travestie en homme, entre au service de celui dont elle est amoureuse, qui en aime une autre et fait d'elle son messager.

Les mots avaient surgi, inopinément. Pourquoi pas ? Peut-être, comme Phèdre, était-elle condamnée à aimer qui ne l'aimait pas. Peut-être quelque divinité absurde, ou un destin capricieux, avait-il décidé de la punir. Mais de quoi ? D'avoir menti à Tybalt, de l'avoir rejeté ? D'être la monstrueuse enfant d'amours monstrueuses ? Phèdre était la sœur du Minotaure, né e l'union d'une reine avec un taureau sacré. Difficile de ne pas effectuer de parallèle, n'est-ce pas ? La fille reproduisait les crimes de la mère : Phèdre, en se mourant de désir pour son beau-fils Hippolyte, elle-même en s'éprenant, au premier regard, d'une Chimère ailée. Quant aux symptômes…

Je le vis, je rougis, je pâlis à sa vue ;
Un trouble s'éleva en mon âme éperdue ;
Mes yeux ne voyaient plus, je ne pouvais parler ;
Je sentis tout mon corps, et transir, et brûler[1].

Ils étaient les mêmes.

Les flammes lèchent le plafond craquelé. Des lueurs grasses dansent sur la tôle, bondissent sur les parois de l'entrepôt. Ils sont là. Tous. Silhouettes familières, ils observent sans un mot le châtiment ; leurs prunelles, dans lesquelles se reflètent les silhouettes des condamnés, sont l'écho d'un jugement sans appel. Sur le bûcher, les amants s'enlacent, décidés à laisser la mort les unir. Plumes noires et crinière rousse s'embrasent en même temps…

1. Jean Racine, *Phèdre*, acte I, scène 3.

— Réveille-toi !

Cléo se redressa, désorientée. Tenta de rassembler ses esprits. Elle avait cédé au sommeil, finalement. Il y avait eu ce rêve… Maintenant, Axel était accroupi près d'elle et la scrutait avec attention. Les pennes de sa chevelure étaient si proches qu'elle pouvait en distinguer toutes les nuances. Elles étaient noires – comme celles de l'ailé au cœur du brasier.

— Tu as crié, dit-il. Un cauchemar, n'est-ce pas ?

— Un de plus. J'espère ne pas nous avoir trahis, murmura-t-elle, détournant les yeux.

— Il y a pas mal d'agitation, en bas. À mon avis, personne n'a fait attention.

— Tu as pu voir quelque chose ?

— Non. J'ai préféré rester prudent et éviter de survoler les paluds, expliqua la Chimère. Je propose qu'on attende la tombée du jour pour se rapprocher : cela sera plus simple pour observer ce qui se passe. Pour prendre contact avec les Tritons, aussi.

— Tu sauras te repérer ? Je ne connais pas du tout ce coin et…

— On prendra la voie des airs. Si ça te va, bien sûr.

Avait-elle perçu une hésitation dans sa voix ?

« De la politesse, c'est tout. »

— Ça marche, répondit-elle d'un ton qu'elle espérait calme. Repose-toi, Axel. C'est à mon tour de monter la garde.

Cléo se mit sur ses pieds et quitta le refuge de pierre. Dehors, un vent glacé balayait les nuages. Le ciel se noyait dans un horizon bilieux et sale. Du brouillard s'échappaient le bruit des armes, des cris de colère, de triomphe parfois. Des hurlements, brefs et glaçants, étaient noyés par le clapotis visqueux des marais. Cléo frissonna. Cela lui rappelait Ceux-d'en-dessous, et le monstre tentaculaire du canal.

Sans Lyn, il l'aurait entraînée dans les profondeurs.

Sans Lyn, elle serait morte.

« Plus de questions. Plus de souffrance. Cela aurait peut-être mieux valu, après tout. »

Enfin, la lumière diminua. Le crépuscule étendit lentement son voile au-dessus de la cité en ruine. Axel quitta l'abri : son paquetage était prêt ; sa lame courbe à la poignée d'ossement poli pendait le long de sa cuisse.

— Il est temps, je crois.

Cléo acquiesça sans un mot, ferma son sac, saisit sa javeline et s'avança vers lui.

— Comment fait-on ?

— Comme ça, répondit-il.

Saisissant la jeune fille par la taille, ses bras la pressant contre son torse, il déploya ses ailes et s'envola.

6

Mains douces dans son dos, corps tiède contre le sien, plumes d'ombre chatouillant sa peau : le trajet, pour Cléo, se révéla une torture. Elle étreignait Axel, raide comme une statue – et tant mieux s'il prenait cela pour de la peur –, les yeux fermés pour éviter la tentation d'embrasser la courbe pleine de ses lèvres et d'enfouir son visage dans le creux de son cou duveteux. Enfin, ils se posèrent sur un tertre moussu. Cléo s'éloigna de lui, remerciant silencieusement l'obscurité de dissimuler le rouge de ses joues, son regard enfiévré.

Les échos de la bataille résonnaient autour d'eux, parfois lointains, parfois si proches que la jeune fille, sursautant, se retournait et cherchait dans la pénombre les silhouettes des combattants. Mais les eaux stagnantes et les rideaux d'ajoncs l'empêchaient de percevoir quoi que ce soit, en dehors des volutes phosphorescentes qui, de temps à autre, crevaient la surface. Elle entendit soudain un clapotis : ridant l'onde, quelque chose venait dans leur direction.

Échangeant un bref coup d'œil avec Axel, elle raffermit sa prise sur sa courte lance et se mit en garde, genoux fléchis, avant-bras redressés, prête à attaquer ou recevoir un assaut. Battements d'ailes derrière elle. La Chimère prit de la hauteur, se fondit rapidement dans la nuit. Cléo réprima un tremblement de peur : était-ce un piège ? L'avait-il conduite au milieu de nulle part pour l'y abandonner ?

« Impossible. Il tient trop à Lyn pour ça. »

Une forme émergea du palud, se hissa lentement sur le tertre. C'était un être à la peau écailleuse et pâle, légèrement argentée. Sa chevelure claire pendait en longues lianes sur ses épaules et son torse nu, couvert d'entrelacs sinueux. Ses mains, palmées, s'agrippèrent aux premiers blocs de pierre. Quand il leva la tête, Cléo réprima un cri. Des lèvres bleues. Un nez réduit à deux fentes renflées. Et ses yeux ! Deux disques de nacre verte, troués en leur centre par un puits de ténèbres irisées, deux disques dont les scintillements lui rappelaient... Un bruissement sec, dans les roseaux, l'empêcha de creuser plus avant ses souvenirs. Elle entrevit une figure blême, un arc tendu. Un sifflement.

— Attention ! cria-t-elle, se jetant sur le côté.

Elle se redressa aussitôt. Le Triton n'avait pu esquiver complètement l'attaque. L'empennage gris d'une flèche dépassait de son épaule. Déjà, Axel, fondant du ciel, se précipitait sur l'agresseur. Celui-ci n'était pas seul, cependant : jaillissant de la droite, un autre trait partit, droit sur Cléo. Elle l'évita, mais perdit l'équilibre et roula en bas de la pente. Juste à côté de la créature. Ignorant la douleur irradiant ses côtes et ses reins, elle se redressa, prête à attaquer. Mouvement dans les ajoncs. Éclat bref d'une main écartant les cannes, d'un arc bandé. Elle lança sa javeline. Il y eut un son mat, un râle – puis le gargouillis étouffé d'un corps lentement englouti. Un instant plus tard, tout était terminé. Axel, tenant encore en main sa lame ensanglantée, atterrit à leurs côtés. Il l'essuya contre la mousse et les plantes mortes amassées au pied de la butte, puis la glissa dans son fourreau et se tourna vers eux.

— Des Dégénérés, déclara-t-il avant de saluer l'inconnu, tête inclinée, main posée sur le cœur. Axel, guerrier de la Tour de l'Horloge. Et voici Cléo, qui m'accompagne.

— Je suis une Mens, précisa-t-elle, en réponse à sa mine perplexe.

— Letty. Que vous… ici ?

La voix, mélodieuse quoiqu'un peu chuintante, était curieusement féminine, comme la nature florale des tatouages gris et bleu recouvrant sa peau.

— Montre-lui, souffla Axel.

Relevant la manche de sa veste, poisseuse et gluante d'humidité, Cléo découvrit son poignet. Le serpent d'encre apparut peu à peu – d'abord la tête et l'œil moqueur, puis la pointe des ailes et le corps écailleux. L'espace d'une seconde, à peine, la jeune fille eut l'impression qu'un sourire étirait la gueule du dragon. Sans prévenir, Letty s'empara de son bras, l'éleva devant son visage. Le contact de ses doigts froids contre sa peau n'était pas désagréable mais, au contraire, réconfortant. Les prunelles opalines, hypnotiques, du Triton croisèrent une fois encore les siennes.

Et l'emportèrent dans un maelström.

« Nos petits pas différents vôtres. » Timbre liquide. Crâne glabre, iris mauves aux chatoiements fascinants. De longs doigts au parfum terreux effleurent ses joues. Elle en saisit un, le tient fermement dans sa main. « Pas différents du tout. » « Allez leur faire comprendre ! » La voix, mélodieuse, attire immédiatement

son attention… « Pourquoi tatouage même ? » « Parce que nous sommes poursuivis. Parce que nous devrons peut-être nous séparer. Les séparer. Alors, si un jour… » Elle est dans ses bras, maintenant. Joue avec ses longues plumes gris et blanc, rit quand il chatouille le bout de son nez. « Son tour, maintenant. »

Cléo reprit conscience tout contre Axel. Il l'avait empêchée de tomber et la tenait, bras serrés autour de sa taille. La jeune fille s'abandonna, heureuse de pouvoir savourer ces instants d'intimité. Elle avait le sentiment d'être une passagère clandestine, de dérober au temps un peu de rêve et de tendresse. Se reprit brusquement et détourna les yeux, rouge de confusion. La tête penchée sur le côté, Letty la dévisageait avec curiosité.

— Chimère et Norm ensemble ?

— Non, nous… Sa sœur adoptive, Lyn, et moi-même, nous sommes jumelles, bredouilla Cléo, s'écartant de l'homme-corbeau dont l'étreinte s'était brusquement relâchée. Mais… ma mère était une Mens, et mon père, un ailé.

— Tu es blessé, intervint Axel, se rapprochant du Triton. Je ne suis pas très doué pour les soins, mais je peux t'emmener auprès d'un guérisseur. Il suffit de m'indiquer le chemin.

— Et elle ?

— Tu peux rester seule un moment ?

Cléo hocha la tête. Demeurer ici, sur ce tertre isolé, lui permettrait d'analyser sa dernière vision, de faire le point sur ce qu'elle ressentait – de s'isoler du monde, cette fois de manière délibérée.

— Juste une chose, dit-elle, se tournant vers Letty. Mes parents sont venus ici, il y a quinze hivers peut-être.

Ils ont rencontré l'un des vôtres: ses prunelles étaient parme et il n'avait pas de cheveux. Dans mon souvenir, il a dit: « Nos petits pas différents vôtres. » Alors, s'il est toujours parmi vous, s'il accepte de me rencontrer...

— Vro vieux. Toi chez nous.

« Ainsi, celui qui a connu mes parents est vivant. Il a sans doute une idée de ce qui leur est arrivé... »

Les battements de son cœur s'accélérèrent. Bientôt, elle aussi, peut-être, saurait la vérité. Le voulait-elle? Serait-elle capable de l'assumer?

— Je reviendrai te chercher, déclara Axel. Tu es sûre que ça ira?

Ébranlée par sa sollicitude, Cléo demeura interdite – se reprit.

— Je suis une grande fille. J'ai l'habitude de me débrouiller seule.

Trois minutes plus tard, l'ailé et son écailleux fardeau disparurent, avalés par l'obscurité. Alors, seulement, Cléo s'aperçut qu'elle n'avait d'autre arme que son poignard. Sa lance, plantée dans le corps d'un noyé, était hors d'atteinte.

Une demi-heure à peine s'était écoulée quand une espèce de tronc évidé s'échoua au pied du tertre. À l'intérieur, les membres pendant dans l'eau noirâtre, un cadavre ensanglanté.

« Serait-ce le Dégénéré tué par Axel? se demanda Cléo. Impossible. Il a dû rester coincé dans les roseaux. Quoi qu'il en soit, autant récupérer le radeau. Qui sait, s'il ne revient pas, ça pourrait me servir à sortir d'ici... »

La jeune fille descendit la pente, son couteau de chasse pointé devant elle. Mieux valait être prudente. Les cannibales étaient rusés, capables d'utiliser des leurres, de profiter de la moindre ouverture pour attaquer. Quelques bulles éclatèrent à la surface, libérant des gaz nauséabonds. Plus loin, dans les joncs, quelque chose plongea. Cléo s'immobilisa, aux aguets. Réprima un frisson. Avança la main vers la dépouille, s'arrêta, redoutant que celle-ci se retourne brusquement et bondisse sur elle. Mais elle était inerte et froide ; le coup reçu avait largement pénétré dans les chairs, sectionnant la colonne vertébrale. Cléo inspira profondément, regarda une fois encore alentour – rien. Alors, elle entreprit de faire basculer le corps dans les marais. Sifflement soudain dans l'air. Elle s'aplatit derrière l'embarcation rudimentaire, évitant de justesse un couteau. N'eut guère le temps de se reprendre. Jaillissant dans une gerbe huileuse et glacée, un mangeur d'homme se jeta sur elle en grondant. Vêtu d'un pantalon loqueteux, trempé, il portait sur sa peau cuivrée des traces de peintures rituelles. Dans le clair de lune, ses cheveux blanchâtres brillaient d'une lueur malsaine. En un éclair, Cléo se retrouva plaquée sur la roche gluante du tertre, les bras maintenus au-dessus de sa tête. Approchant d'elle son faciès grossier, son agresseur dévoila une rangée de dents taillées en pointe. Une rangée de dents faites pour déchiqueter. Elle se débattit, s'efforçant d'échapper à son adversaire. Impossible. Il la tenait fermement. Pis, sa panique semblait l'exciter. Narines largement dilatées, le Dégénéré commença à la renifler, à distance d'abord, ensuite en promenant son groin immonde sur sa peau. Incapable de contrôler son corps, Cléo sentit une sueur glacée la recouvrir. Il donna un coup de langue, sur la chair nue de son cou. Eut un grognement satisfait. S'écrasa de tout son poids sur elle, libérant l'un de ses poignets. Elle tenta aussitôt d'en profiter – n'en eut pas le temps. Il la saisit par les cheveux, cogna l'arrière de son crâne contre la pierre. Une fois. Deux fois. Trois fois. Cléo hurla. De douleur. De terreur. Sa veste fut arrachée, ses vêtements, déchirés. Au bord de l'inconscience, elle sentit des serres lacérer sa peau. Une bouche tiède et visqueuse se posa sur ses plaies, léchant le sang avant d'y planter les crocs. Une main rude fit sauter la fermeture de son pantalon.

« Il va me dévorer vivante… Mais d'abord… me violer… »

Cléo chercha son poignard à tâtons, explorant vainement la surface froide et moussue. Ne trouva aucune arme, pas même une pointe de flèche. Déjà, les doigts courts et griffus s'étaient insinués entre ses cuisses, écorchant la peau fine avant d'écarter brutalement ses jambes.

« Je ne veux pas mourir. Pas… maintenant. Pas ainsi ! »

Désespérée, elle se redressa, en une ultime attaque agrippa l'oreille du cannibale – tira, de toutes ses forces. Il y eut un affreux bruit de déchirure, une giclure de sang. Jetant l'appendice sur son ennemi mutilé, rugissant de colère, Cléo regarda autour d'elle, cherchant quelque chose, n'importe quoi, lui permettant de se défendre. Mais sa vue était trouble, elle avait la nausée.

« Cette fois, c'est la fin. »

La bête humaine, la gueule ensanglantée, furieuse, fondit sur elle. Et sa tête vola, tranchée au ras du cou par une lame courbe. Le corps s'affaissa, dévoilant la sombre silhouette d'Axel, puis commença à couler.

Cléo vacilla sur ses jambes. Autour d'elle, tout devenait flou, brumeux.

« Il va me voir comme ça… et je ne ressemble à rien », songea-t-elle, au bord de l'évanouissement.

Puis elle bascula.

Odeurs de tourbe et de fumée, bruits de voix. Celle d'Axel. Basse, étrangement inquiète. Celle de Letty, si mélodieuse. Une troisième, qu'elle ne reconnut pas. Elle papillonna des yeux, essaya de tourner la tête : une douleur fulgurante transperça son crâne, lui arrachant un gémissement.

Aussitôt, un Triton fut près d'elle. Il avait une peau bistre, de drôles de cheveux jaunâtres semblables à des tiges hérissées et ses prunelles se paraient de reflets orangés.

— Calme, chuinta-t-il. Blessure tête.

— Comment va-t-elle ?

Axel ? Inquiet ?

Le soigneur prit le temps de l'examiner – palpant ses tempes, observant attentivement sa pommette tuméfiée – avant de répondre.

— Guérison. Tu près lit ?

Il y eut un bruit de pas. Axel s'agenouilla à ses côtés, une expression inquiète sur le visage.

— J'ai un bandage autour de la tête, hein ?

— Et puis pas mal de bosses.

— Comme Cyrano, murmura-t-elle avec un pauvre sourire.

— Le héros de ton livre ?

— Oui. Mais je ne vais pas mourir tout de suite… Ça manquerait de panache.

— De panache ? Mais qu'est-ce que tu racontes ? Repose-toi, Cléo, murmura-t-il, effleurant sa joue d'une caresse. Vro va venir : quelqu'un est parti le chercher. Je ne sais pas ce qu'il sait de ton passé… et de celui de Lyn… mais je crois qu'il faudrait que tu sois un peu plus en forme pour l'écouter.

Cléo acquiesça. Agrippa sa main lorsqu'il voulut se redresser.

— Tu préfères que je reste à tes côtés ? demanda-t-il d'un ton doux.

La gorge trop nouée pour répondre, Cléo l'étreignit plus fortement et ferma les yeux. L'homme-corbeau demeura près d'elle, ses doigts enlaçant avec douceur les siens.

« Il n'est peut-être pas indifférent, alors. Quand on rentrera à la Tour de l'Horloge, on pourra essayer de parler. On ne sait jamais ? Il y a peut-être une chance pour qu'il ne me déteste pas ? Absurde ! Et pourquoi pas : *va, je te ne te hais point*, tant que j'y suis…

— Quoi ?

Cléo sursauta. Sans s'en apercevoir, elle avait parlé à haute voix.

— Désolée. J'essayais de me souvenir d'une pièce. Deux amants devenus ennemis… parce que leurs pères le sont… parce que c'est une question d'honneur et de vengeance…

— Et tu espères te reposer avec ça ? sourit Axel. Tu ne veux pas que je te raconte une histoire, plutôt ? J'en connais quelques-unes qui te plairaient peut-être. Celle de la princesse Bouton d'or et du mystérieux pirate Roberts[1], par exemple. Lyn l'adore…

Il lui proposait de lui raconter une histoire – et pas n'importe laquelle ! À elle… Pour elle…

— Je veux bien, murmura-t-elle d'une voix étranglée.

— Alors, écoute.

Axel déploya légèrement ses ailes et, sans lâcher sa main, commença son récit.

— Il était une fois, des siècles et des siècles avant le Cataclysme, dans le pays merveilleux de Florin, une jeune fille nommée Bouton d'or. Elle était très belle, et son valet Westley l'aimait éperdument. C'était un garçon courageux ; ses yeux bleus brillaient d'intelligence et, malgré sa condition, il avait un port de roi. Néanmoins, Westley était timide, et n'osait pas avouer ses sentiments à la demoiselle de son cœur. Aussi, chaque fois qu'elle lui donnait un ordre, il répondait : « Comme vous voudrez. » Bouton d'or avait beau être un peu capricieuse, elle n'était pas insensible et tomba amoureuse à son tour. Un jour, alors que le soleil brillait dans le ciel d'été, Bouton d'or s'approcha de lui et ordonna : « Valet, embrassez-moi. » Et Westley répondit…

— Comme vous voudrez.

— Exactement. Mais Westley n'était qu'un simple domestique ! Leur amour était impossible. Aussi décida-t-il de parcourir le monde, en quête de gloire

1. William Goldman, *The Princess Bride*, Milady, 2009.

et de fortune afin d'être digne d'elle. Westley partit, lui faisant le serment de revenir et lui demandant de l'attendre en retour. Cinq années s'écoulèrent…

La voix d'Axel se fit de plus en plus lointaine. Les images de belles demoiselles, de duels épiques et de héros masqués s'estompèrent. Épuisée, Cléo sombra dans le sommeil.

Premier interlude

'Lona
Nid des Chimères d'Itzan

J'arrête mon récit à l'aube. Je suis épuisée. Ma gorge, irritée par les mots, le sable, me lance douloureusement. Ramon, le vieil homme chauve-souris, me donne un peu d'eau, puisée dans le caisson métallique où se trouvent les réserves. Nul ne songe à me remettre des chaînes ni à me traîner jusqu'au piton. Pourtant, je m'y précipite presque. Besoin d'être seule, à l'écart. Loin d'eux, loin d'Itzan, dont j'ai senti toute la nuit la présence, le regard.

À peine allongée sur mon inconfortable paillasse, je sombre dans un sommeil sans rêve. Je me réveille quelques heures plus tard, en sueur. L'air est brûlant, le Nid plongé dans une étrange lumière orangée. Perchées sur des plates-formes métalliques suspendues par des câbles, quelques mètres au-dessus du sol, deux Chimères finissent d'obstruer brèches et fissures. Assise au pied d'une colonne de pierre semblable au tronc d'un arbre, Amalia trie tissus, peaux et vêtements, aidée par l'enfant-chat et une femme aux membres longs et graciles.

Consciente d'être observée, la Mutante lève la tête vers moi. Nos yeux se croisent – le sien, feu aveuglant, me coupe le souffle avec la force d'un coup de poing. Son regard est une arme. A-t-elle assez de puissance pour le rendre mortel ? Un instant, j'envie ce don – tuer à distance, d'un simple battement de cil. Cela m'aurait été utile, dans l'antre du Scorpion. Le nom de mon ennemi en évoque un autre – Ximena, sa propre fille dont j'ai pris la place, espérant lui sauver la vie.

Qu'est-elle devenue ? A-t-elle rejoint son amant ? Est-elle libre ?

Les heures s'égrènent, trop lentement, au rythme de mes pensées. Dehors, le vent redouble de violence. Des nuées jaune sale s'engouffrent dans l'édifice, formant une brume sèche qui masque les corps et étouffe les sons. Enfin, elle se délite, laissant derrière elle une fine couche de poussière.

Au crépuscule, Mia vient me chercher. Ses grands yeux curieux, son petit nez frémissant, elle me rejoint sur la stalagmite et s'accroupit face à moi.

— Tu ne m'en veux pas, dis ?

— De quoi t'en voudrais-je ?

— J'ai essayé, tu sais. Mais Amalia m'a repérée, et…

— Ne t'inquiète pas pour ça.

— Alors ça veut dire qu'on est toujours amies ?

Amies ? Je ne m'attendais pas à ça. Cette fillette me trouble, j'y suis attachée plus que de raison. Je ne le devrais pas. C'est une gadji. C'est une ennemie. À cause d'elle et de sa curiosité, je suis encore ici, obligée de raconter non pas une mais *deux* histoires. Pourtant, je lui souris, passe doucement les doigts sur sa frimousse de chat.

— Bien sûr, que nous sommes amies !

— Alors tu viens ? Tout le monde t'attend, en bas.

Je hoche la tête et me lève, ignorant la douleur qui vrille mon estomac. Souvenir des yeux brûlants de la Mutante, je suppose.

Mia reste près de moi durant le repas, un ragoût de crustacés au goût de vase et quelques dattes. Assan nous rejoint timidement près du brasero où nous sommes installées. À ma grande surprise, Itzan l'imite et s'assied non loin de nous. Dans ses prunelles vertes, vaguement phosphorescentes, couve un feu qui me met mal à l'aise. Au moment où je m'apprête à libérer les forces du serpent ailé, je ressens une piqûre entre les omoplates. Encore Amalia. Son attaque est moins puissante que tout à l'heure. Mesquinerie contrôlée ? Signe de faiblesse ? Pas le temps de réfléchir plus avant. Déjà, l'encre de mon tatouage dessine devant nous la silhouette endormie de Cléo et, près d'elle, celle d'un être glabre aux longs doigts écailleux…

7

— Mais Lyn est ma sœur !

— Aussi elle. Ailé patience. Je silence avant elle réveil.

Cléo ouvrit les yeux, un peu surprise par la fermeté de cette voix mélodieuse. Au-dessus d'elle, une voûte de pierre, luisante et moussue. À son chevet, ses yeux mauves et nacrés la contemplant avec sollicitude, le Triton de son rêve éveillé. Sa peau avait blanchi, accentuant les sillons bleu et gris de ses écailles, et les dessins étranges sur ses avant-bras. De curieux bijoux d'os et de bois étaient incrustés sur les pommettes et sa lèvre inférieure.

— Vro ? interrogea-t-elle faiblement.

— Cléo, répondit-il en un grave salut – et dans sa bouche son prénom paraissait ruisseler.

— Merci… d'être venu.

La jeune fille se redressa sur sa couche de joncs tressés. Intriguée, elle découvrit les parois brunes sur lesquelles s'agglutinaient des plaques bleu et blanc, à présent rouillées, datant d'avant le Cataclysme. Sur l'une d'elles, Cléo put distinguer quelques lettres : « … UE CUVI… » Sur une autre : « RUE C… LLON. » Dans un coin, les vestiges d'une armoire dont on devinait, sous une gangue moussue, les décorations florales. À l'opposé, effrayant, un crâne démesurément grand. Hérissé de dents de la taille d'une main, acérées comme des poignards.

— Dragon, expliqua Vro. Possible.

Pour étayer son hypothèse, le Triton alla chercher une pochette de cuir squameux dans une espèce de coffre à tiroirs, en tira une quinzaine de feuillets jaunis, encore brillants, et les disposa devant elle. Axel et Letty, curieux, s'approchèrent pour observer. Il s'agissait de planches illustrées, de tailles différentes – collection d'une vie entière –, ayant pour sujet : « Reptiles aux désignations complexes et dragons. » Sur l'une d'elles, Cléo vit une bête gigantesque aux prunelles jaunes, à la mâchoire puissante, ouverte sur des rangées de crocs acérés. Le Mens, à ses pieds, avait la taille d'un insecte. Sur une autre était représentée une créature dorée à la drôle de gueule léonine ; son corps sinueux était doté de pattes griffues et on pouvait encore lire, en exergue, quelques mots : « *Lorsque… le peintre lui livra… d'un trait bleu et… original pour punir*[1]. »

— Regarde ! dit soudain Axel, désignant du doigt un serpent émeraude aux yeux turquoise et aux ailes multicolores. On dirait…

Dessin. Teintes. Impression de déjà-vu. Échos lointains d'une discussion : « Puisqu'il leur plaît… » « Mais les couleurs… » Retour à la réalité, avec les mains moites et l'impression qu'un abîme allait s'ouvrir sous ses pieds, emportant tout ce à quoi elle s'était accrochée ces dernières semaines.

1. Philippe-Henri Turin et Sylvie Chausse, *Tendres dragons*, Belin, 2007.

— Quetz… Quetzalcóatl, déchiffra-t-elle d'un ton presque inaudible. À la fois dieu et homme, Quetzalcóatl représentait l'étoile du matin et… Là, c'est illisible… *solaire… protecteur des livres et dieu de la…*

Cléo se tut. Impossible de lire davantage. Comme mue par une volonté étrangère à la sienne, elle remonta sa manche, découvrant le poignet sur lequel était tatouée l'exacte réplique du serpent ailé. Et parce que, si proche de son but elle craignait de faillir, elle dévoila son deuxième tatouage, l'œil grand ouvert, *l'œil qui regarde bien*. Celui-ci, énigmatique, ne lui offrit aucun soutien, creusant plus profondément le gouffre qui la menaçait. Elle discernait maintenant dans les abysses des silhouettes fantomatiques, des visages dont les traits seraient bientôt mis à nu.

Troublée, elle regarda le dragon bleu et noir, puis son jumeau paré de couleurs. Les examina, côte à côte. Trouva au fond de leur pupille la même expression un peu moqueuse. Ils *savaient*. Elle, non.

Elle se mordit les lèvres, hésitant à effectuer le dernier pas – se jeter dans le vide, arracher l'ultime voile masquant la vérité. Osa, enfin.

— Mes parents… Comment les as-tu rencontrés?

Alors Vro, avec ses phrases qui évitaient tous les verbes et jonglaient avec la place des mots, commença son récit.

Des étés et des étés auparavant, le Triton s'était éloigné du marais-monde, en quête d'inspiration et de connaissances. Bravant les créatures du fleuve, il avait descendu son cours avant de s'aventurer dans les terres barbares des Norms et des Chimères. Après maintes aventures – dont un affrontement avec des singes caqueteurs et un duel mortel contre un guerrier, Vro avait trouvé ce qu'il cherchait. Dans les sous-sols d'un bâtiment en ruine, baignant dans une eau sale et noire, flottaient de petites statuettes représentant des dragons. Sur des étagères bancales et gondolées restaient quelques ouvrages en piteux état dont il avait pu arracher des pages. Il était tombé dans une embuscade sur le chemin du retour : des êtres sauvages aux dents taillées en pointe, les premiers Dégénérés qu'il rencontrait. Vro était seul, ni assez aguerri pour se battre ni assez vif pour leur échapper. Ils l'avaient capturé, mené dans leur camp. Dans une douve creusée à la va-vite, des charognes grouillantes de vers dégageaient une insupportable puanteur. En guise de torches pour éclairer la nuit, des crânes bourrés de tissus et de suif. Sur la peau de leurs tentes, les visages de leurs proies dépecées. Vro avait été traîné jusqu'à celle de leur chef, plus vaste que les autres, et ornée d'ailes d'hybrides encore brunes de sang. Le cannibale, son faciès rougeâtre encadré par une tignasse laineuse, l'avait examiné sous tous les angles. Puis, satisfait, avait ordonné dans un borborygme guttural qu'on lui apporte un coutelas. Vro croyait sa dernière heure arrivée quand, jaillissant de nulle part, une tornade de plumes avait piqué sur lui, l'emportant à toute vitesse dans les airs. Au même moment, des Chimères donnaient l'assaut. Une vengeance, avait-il compris plus tard. Celui qui lui avait sauvé la vie était un jeune guerrier au regard de rubis.

Il s'appelait Jaz, et c'était un ailé.

Plusieurs étés avaient passé avant qu'il ne le revoie, cette fois accompagné de sa compagne, une Mens à la chevelure mordorée, et de leurs jumelles. L'une avait des ailes, l'autre non. Le couple était en fuite. Mais leur séjour, dans le marais-monde, n'avait duré qu'une dizaine de jours : Jaz et Junie ne voulaient pas demeurer plus longtemps, craignant de devenir un danger pour les Tritons. Cependant, Vro avait eu le temps d'exécuter les tatouages jumeaux. Pour que les sœurs puissent se reconnaître, même si la vie devait les séparer. Le motif ? Elles l'avaient choisi ensemble, pointant leur petit doigt rose pâle sur Quetzalcóatl. Et, bien sûr, il avait appris comment Jaz et Junie s'étaient rencontrés.

Junie arpentait le territoire de son clan, surveillant les frontières, s'assurant que nul ennemi n'était passé. Jaz venait d'échapper à des adversaires armés jusqu'aux dents. Blessé, il s'était réfugié dans un immeuble en ruine pour essayer de panser ses plaies. En quête d'un refuge où passer la nuit, la jeune femme l'avait surpris – et soigné, au lieu de l'achever. Le prétexte ? Faire enrager les siens. La vérité ? En dépit de tout ce qui aurait dû les séparer, l'amour au premier regard. Jaz et Junie avaient fui peu après. Mais un mauvais hasard, deux ans plus tard, avait mis sur leur chemin l'ancien promis de Junie. Le Norm avait lancé la traque. Alors, Jaz s'était souvenu de Vro…

Quand le Triton arriva à ce point du récit, Cléo sentit le souffle lui manquer. Des images, fugitives, passaient devant ses yeux. Elle se rappelait son père, ses grandes ailes gris et blanc, ses yeux rouges et scintillants, son rire et sa voix. Elle se rappelait sa mère, sa farouche détermination ce soir-là, quand elle avait dû choisir entre la mort et le parjure.

Elle se rappelait tout, puisqu'elle était là.

— Non, gémit Cléo. Non !

Mais il était trop tard. Percutée par un passé à la force de géant, elle tomba.

Une geôle exiguë, carrelée de blanc. Partout, des fissures, et aux angles des moisissures noires et humides. Éclairées par une lanterne accrochée à la hauteur de la porte, les deux femmes se font face. L'une, cheveux sales et emmêlés, yeux émeraude, a été battue : son corps à demi dénudé est couvert de bleus, une croûte de sang séché barre son sourcil gauche et un coup de poing a fait exploser sa lèvre tuméfiée. Sur le crâne de l'autre, inquiétante avec son regard jaune et ses mains tatouées, des dizaines de tresses couleur de bronze, ornées de colifichets – plumes et morceaux de métal.

Blottie contre ce corps chaud enfin retrouvé, presque trop heureuse pour respirer, Cléo écoute sa mère et l'étrangère.

— Tu sais bien que je ne peux rien faire ! À part essayer de te convaincre…

— Essayer de faire ce qu'on t'a demandé, plutôt !

— Je t'en prie, Junie ! Déjà, ils m'ont laissée t'amener la petite et, crois-moi, ce n'était pas facile… Que puis-je de plus ? Te sortir d'ici ? Mais c'est impossible ! Ils savent que nous sommes amies, ils me surveillent. Et Marcus plus que les autres.

Junie crache. Un jet de salive mêlée de sang s'écrase sur le sol froid.

— Je le hais.

— Junie…

— J'ai entendu Jaz crier, renifle-t-elle avec un rire sec. Marcus a pris part à la curée, hein ?

Elle caresse, pensive, les cheveux de sa fille.

— S'ils le laissent partir, et si j'en suis témoin, reprend la captive d'un ton bas, presque las, j'accepte leur jugement. Je resterai au Passage jusqu'à la fin de mes jours, sans jamais en sortir, sans jamais le revoir et j'élèverai ma fille comme si son père était un Mens mort au combat.

— C'est impossible, murmure la tatoueuse.

— Impossible, impossible ! Tu n'as que ce mot à la bouche ! À quoi ça sert que tu sois là, si tu ne veux pas m'aider ?

Cléo se serre contre elle, le plus fort qu'elle peut. Elle sent sa tristesse, sa colère impuissante. Aimerait la consoler.

— Junie, tu sais que jamais ils ne le laisseront en vie, reprend doucement l'autre femme. Jamais Marcus *ne le laissera en vie. C'est un Ashes. Et tu as eu deux enfants de lui. Par orgueil, pour se venger de toi, il le tuera.*

— Qu'ont-ils fait d'elle ? souffle Junie. Et sa voix est désespérée. Qu'ont-ils fait de ma petite ? Je t'en prie, Xian ! Dis-le-moi, même si c'est pour m'annoncer sa mort.

— Ils l'ont abandonnée là où ils vous ont capturés, ton ailé et toi. Je n'en sais pas plus.

Venus du sous-sol, peut-être d'une pièce, tout à côté, des hurlements résonnent dans la cellule, se répercutent sur les murs sales, déchirent pareils à des lames les cœurs et les esprits. Cléo éclate en sanglots. Tant de désespoir. Tant de douleur. Cela la terrifie.

Junie se fige.

— Que font-ils ?

Xian détourne la tête, le poing pressé contre sa bouche.

— Il était question de… Ils voulaient lui arracher les ailes.

Les hurlements redoublent d'intensité.

— Qu'ils me torturent, moi aussi, feule la prisonnière, les paupières étrécies de haine et de détermination. Et qu'ils me tuent avec lui. Parce que, s'ils me laissent vivre, si Marcus me laisse vivre, je le jure : je me vengerai.

— Junie ! proteste Xian.

Mais sa voix est résignée.

— Tu prendras soin d'elle, d'accord ? murmure-t-elle, serrant la fillette contre elle et la couvrant de baisers. Tu ne laisseras rien de mal lui arriver ?

— Je te le promets.

Xian reçoit l'enfant que lui tend la condamnée. Se lève, lentement. Enfouit son visage dans le cou de Cléo, essayant de ne pas pleurer. Et frappe, deux fois, contre la porte du cachot.

Vacillante et glacée, Cléo plaqua la main contre ses lèvres, s'efforçant de retenir une nausée. Vro comprit aussitôt. Donna un ordre chuintant. Letty disparut, revint avec un baquet de bois. Juste à temps. La jeune fille vomit, plusieurs fois, jusqu'à ce qu'il ne sorte d'elle qu'une bile acide mêlée de morve. Quand ses spasmes furent calmés, l'aïeul essuya son visage avec un chiffon trempé d'eau avant de lui faire avaler un breuvage au goût piquant, un peu amer.

— Mieux tu ? Repos ?

Elle secoua la tête. Plongea les yeux dans ceux, opales vert et mauve, des deux Tritons, cherchant à y puiser un peu de force. Puis rencontra ceux d'Axel. Perché sur une espèce d'escabeau, l'homme-corbeau lui rendit son regard, s'approcha d'elle en silence.

— Je sais qui est responsable de leur mort, hoqueta la jeune fille. Je les connais bien… Jusqu'au bout, j'aurai cru que c'était des Ashes.

Elle essuya rageusement ses yeux brouillés de larmes.

— J'avais même envisagé un moment que le tatoueur soit l'un des coupables, au moins un complice. Mais, tu vois, ce n'est pas ça du tout.

Axel s'accroupit. Effleura du bout du doigt sa joue, releva son menton. Prit ses mains dans les siennes.

— Dis-moi.

Cléo eut un pauvre sourire. Secoua la tête, incapable de parler.

Impression d'être écartelée, déchiquetée. Impression qu'un dieu, l'un de ces dieux de tragédie – peu importe qu'il s'appelle Vénus, Apollon ou Jupiter –, l'avait condamnée, se délectait enfin des fruits de sa malédiction et pelait, lentement, tout ce qu'elle était. En jetant dans l'abysse chaque lambeau après l'avoir examiné sur toutes les coutures, après s'en être moqué ou s'être torché le cul avec – quelle importance ? Pêle-mêle, les souvenirs revenaient. Les parties de chasse avec Marcus. Ses propos contre les Ashes, jamais assez durs. Il fallait traquer, exterminer sans pitié ces rebuts du Cataclysme, ces hybrides monstrueux qui menaçaient l'intégrité du monde – et des Mens. La réserve de Dora, sa mère adoptive qui jamais ne la prenait dans ses bras, jamais ne lui témoignait plus d'affection que nécessaire. Le soutien discret mais constant de Xian, sa patience lorsqu'elle apprenait maladroitement à tenir une arme ou se défendre au corps-à-corps, ses mises en garde étouffées au cours des dernières semaines, quand son ancienne élève cherchait l'origine du serpent ailé. Combien d'autres, complices de ce double meurtre, connaissaient la vérité et la lui avaient tue ? À moins que Marcus, qui dirigeait le clan, ait imposé à tous – à ceux qui savaient tout, comme aux autres – sa propre vision des choses ? Peut-être leur avait-il dit que Cléo était l'enfant qu'il avait eue avec Junie avant qu'elle ne le trahisse ? Tania ignorait tout, bien sûr. Et ce que l'adolescente aux boucles d'or blanc prenait pour de l'indifférence était en réalité un amour inquiet. Marcus chérissait sa fille : s'il la tenait à l'écart, c'était pour éviter de la perdre, dans une bataille ou… comme Junie. Il n'éprouvait aucune affection pour Cléo. Elle n'était que l'instrument de sa vindicte : ses parents massacrés par des hybrides, son apprentissage de la haine, chaque mot, chaque mensonge, était un coup de poignard dans le cœur de Junie qui avait osé aimer un ailé et préférer la mort au pardon. Et Tybalt ? Son père, mort depuis sept ou huit hivers, avait été un proche lieutenant de Marcus. Alors, son aîné – le seul de trois fils qui ait survécu – savait probablement des choses, lui aussi. Cela jetait un éclairage nouveau sur le désintérêt du maraudeur pour ses recherches concernant son tatouage et son passé. Cela expliquait également sa possessivité, sa jalousie. « Telle mère, telle fille », devait-il penser.

À juste titre ?

Cléo regrettait qu'il ait décidé de taire la vérité à Marcus. Apprendre que celle qu'il avait élevée dans la colère et la rancœur prenait, comme sa mère, l'ennemi pour amant – même si ce n'était qu'un mirage –, aurait brisé net ses fantasmes de vengeance. Car sans doute rêvait-il que Cléo lui rapporte, en bon soldat bien dressé, des ailes de Ashes en trophée.

— Qu'il aille se faire foutre.

Une fois encore, elle avait parlé à voix haute – et d'un ton rauque, à la fois si douloureux et si menaçant qu'Axel s'était instinctivement reculé.

— Cléo, qu'y a-t-il ? demanda la Chimère.

Elle ricana. Un ricanement amer, qui se mut rapidement en sanglot.

— Tu sais, souffla-t-elle, ses pupilles brûlantes regardant fixement le sol de terre nue, la plupart des pièces que j'ai lues au Passage tournent autour de malédictions et de secrets de famille. Parfois, c'est drôle. La mendiante dont est amoureux le héros est en fait la fille disparue d'un riche seigneur ; le rival redouté se révèle le frère de la fiancée… Et tout est bien qui finit bien. Mais il y en a d'autres, les plus nombreuses je crois, où le sort, la fatalité, les dieux, appelle-les comme tu veux, s'acharnent contre leurs victimes. Comme l'histoire d'Œdipe, qu'on me racontait quand j'étais enfant. Comme par hasard, ça tournait autour d'une vérité cachée, d'une vérité qui tue. Tu vois, je suis en plein dedans. La différence avec Œdipe, c'est que je ne vais pas me crever les yeux pour ça.

— Cléo, je ne comprends pas…

— Tu ne comprends pas ? C'est pourtant simple. Le monstre qui a massacré mes parents, c'est lui qui m'a élevée.

8

Il n'avait fallu que deux jours de plus au marais-monde – puisque tel était le nom donné par ses habitants aux paluds labyrinthiques – pour avaler les derniers Dégénérés. D'après ce qu'avaient déduit les Tritons, ceux-ci, meute hallucinée menée par une femelle aux hanches démesurément larges dont les mamelles grasses disparaissaient sous les breloques, cherchaient un territoire. Au centre de leur campement, ils avaient bâti un temple rudimentaire qu'ils s'étaient empressés de consacrer en sacrifiant d'abord l'un des leurs, puis un malheureux capturé par surprise. La meneuse avait recouvert de leurs peaux, encore sanglantes, une idole vaguement humaine, faite d'ossements et de morceaux de cuir racornis, avant d'ordonner les attaques. Heureusement, ils n'étaient pas assez préparés pour combattre efficacement. « Cette fois, avait conclu Letty, le visage sombre. Mais première. Prochaine, peut-être danger. » « Puisque mon Nid est voisin de votre domaine, avait proposé Axel, pourquoi ne pas envisager une entraide ? » « Chimères amis Mutants ? » Cléo avait ainsi appris la véritable nature des Tritons – mais cela avait-il encore de l'importance ? « Bien sûr. La Tour de l'Horloge accueille les Chimères et les Mutants. » Il n'avait pas mentionné les Mens.

Avec la promesse d'une alliance future, l'ailé prit congé des Tritons. Il emportait Cléo avec lui, bagage indésirable qu'il s'empressa d'abandonner une fois sur la terre ferme.

« Mon existence est une plaisanterie grotesque. Je ne sers à rien, à part encombrer sa vie avec une vérité dont personne n'a besoin… Je ne suis même pas fichue d'aligner trois mots sans me mettre à pleurer. Pas étonnant qu'il ait envie de se débarrasser de moi le plus vite possible. »

Combattant de toutes ses forces les larmes qui montaient, nouaient sa gorge et brouillaient ses yeux, la jeune fille se força à avancer. Un pied devant l'autre. Un rythme à prendre. Un-deux. Un-deux. Chasser à chaque pas un peu de tristesse. Pour Lyn. Pour elle-même. Pour ses parents, aussi.

« Hors de question de me laisser détruire. Ce serait comme si ces ordures les regardaient mourir une fois encore… Et moi, j'aurais l'impression de les trahir. »

Elle marchait vite, et reconnut rapidement les constructions basses de la rue empruntée une éternité plus tôt, en allant vers les marais. Cherchant machinalement le numéro 243 mémorisé à l'aller, elle repéra après quelques minutes, incrusté dans les décombres d'un porche, un fragment doré brillant dans la timide lumière qui perçait les nuages. Elle s'avança, curieuse presque malgré elle.

Tournoyant dans le ciel, l'ombre élégante d'Axel masqua un instant le scintillement avant de s'éloigner, revenant rapidement, plus proche, au-dessus d'elle.

Malgré la crasse noirâtre qui s'était accumulée sur la surface autrefois lisse, certaines lettres, certains mots, étaient encore lisibles : « … BINET… MÉDI… DOCTEUR… … LOGISTE… BÉATRICE …AS DERM… L… »

— C'est quoi ? demanda Axel en atterrissant derrière elle.

Elle sursauta. S'écarta sans un mot.

« Je suis devenue sourde et aveugle. Pas besoin de me crever les oreilles et les yeux pour ça. Avant, le moindre frémissement dans l'air, je l'aurais perçu… »

Avant. Avant que sa vie tombe en morceaux, brisée à coups de marteau par une vérité qu'elle aurait voulu déchiqueter, écraser, enterrer au plus profond du sol – elle-même avec dans la foulée. Pour ne plus éprouver ces tourments qui vrillaient son crâne, pour ne plus avoir à retenir ses mots de peur de vomir ses tripes et son cœur, pour disparaître et que cela cesse enfin.

— Béatrice, c'est plutôt joli, remarqua Axel. Un peu long, peut-être ?

Cléo lui lança un coup d'œil étonné. Essayait-il de se montrer gentil ? Lisait-elle de la pitié dans son regard ?

« Je ne veux pas de ça. »

Pourtant, elle n'avait même pas la force de se rebeller, d'espérer autre chose de lui.

— Au Passage, murmura-t-elle, on se sert du théâtre. On choisit…

Elle s'interrompit brutalement.

— Ton nom vient d'un livre ? demanda-t-il.

— Oui. Il est tiré de *César et Cléopâtre*[1]. L'histoire d'une reine mythique, qui a préféré rejoindre celui qu'elle aimait dans la mort à la captivité et l'humiliation. Et le tien ?

1. *César et Cléopâtre* est une pièce de Shakespeare.

— Le personnage d'un roman que mes parents appréciaient. Ils sont morts, ajouta-t-il en réponse à sa question muette.

Son visage s'assombrit. Une ombre de tristesse voila ses yeux de nuit. Un instant plus tard, elle avait disparu. Déployant ses ailes, il leva la tête vers le ciel pâle et gris.

— On y va ?

— Attends ! s'écria Cléo, l'agrippant sans réfléchir.

Axel se figea. Emportée par son élan, Cléo le heurta et perdit l'équilibre. Il la retint d'une main, la plaquant naturellement contre son torse tiède puis, conscient de son geste, voulut l'écarter de lui.

« Pas maintenant. Pas maintenant, je t'en prie », songea-t-elle, s'accrochant à son cou, étourdie par le parfum salé de sa peau soyeuse, par le rythme rapide et désordonné de leur cœur battant à l'unisson.

— On ne devrait…

— S'il te plaît.

Éperdue, elle se dressa sur la pointe des pieds pour se rapprocher encore un peu de lui. Son souffle avait un goût d'ivresse et, quand sa bouche se posa sur la sienne, une onde violente la traversa. Ce fut d'abord tendre et doux. Ses lèvres l'effleuraient, légères comme une caresse. Fraîches et humides, incandescentes, elles jouaient avec ses sens. Puis l'un d'eux – elle ? lui ? – gémit. Leur baiser se transforma, mû par une soif incontrôlée. Cléo s'abandonnait à l'étreinte de la Chimère, aux doigts qui creusaient des sillons brûlants sur son dos et ses seins, incendiaient son ventre, chassant toutes les meurtrissures, toutes les souffrances qu'elle avait subies, là-bas et ici. Elle-même devenait pure émotion, rendant caresse pour caresse et baiser pour baiser, découvrant dans un tourbillon fiévreux le corps affolant de celui qu'elle aimait depuis le premier jour.

Puis Axel la repoussa, brisant le charme qui les ensorcelait.

— Ce n'est pas raisonnable… Nous ferions mieux de repartir, je crois.

— Comme vous voudrez, plaisanta bravement Cléo.

Mais, autour d'elle, le monde était redevenu terne, et vide, et froid.

Depuis leur retour, Cléo dormait dans le refuge de Lyn. Accord tacite entre Axel et elle : il acceptait leur parenté, elle évitait de l'approcher. En voyant son visage hâve, ses yeux creusés de cernes dont les iris turquoise se teintaient d'ombres vert-de-gris, ses lèvres crispées en une ligne mince, retenant à grand-peine des larmes ou des cris, Lyn l'accueillit sans question, ni sur leur périple dans les marais ni sur ce qui s'était passé entre elle et son frère adoptif.

Immobilisée par son aile blessée, elle jouait de la flûte et composait des airs cadencés, qu'elle fredonnait au rythme de son tambourin. Son wagon, doté d'une espèce d'auvent, était recouvert de vieilles affiches déchirées, vestiges du Cataclysme, et de graffitis. « Au début, lui expliqua-t-elle, je me suis appliquée à reproduire ce que je voyais dans les rues. Et puis, j'ai eu envie de marquer ce qui me passait par la tête et de laisser les autres venir barbouiller ces parois bien trop ternes. » Instinctivement, Cléo chercha les mots d'Axel. Ne les trouva pas. Lut ceux de Kio, en majuscules pourpres :

« *JE T'ATTENDS DANS LE VENT EN ME LEVANT JE PENSE À TOI AU-DESSUS DES TOITS TOI ET MOI TOI À MOI MOI À TOI* » et, plus discrets, ceux d'Ani : « *Ani est passée aujourd'hui elle repassera demain mais n'écrira rien.* » La jeune fille aurait aimé en apprendre plus sur la défunte, sur ses relations avec Axel en particulier, mais n'osa demander.

Lyn avait de nombreux livres. Une trentaine peut-être. La plupart dans un état déplorable, mais ils étaient là, elle les lisait, s'en inspirait parfois pour ses mélodies ; c'était ce qui importait.

Sa jumelle lui avait installé une paillasse en face de la sienne, sous la silhouette défraîchie d'une fille aussi blonde que Tania, et à peine plus épaisse, qui brandissait d'un air menaçant une monstruosité de métal. Lyn, elle, était veillée par un mélange improbable où l'on distinguait, imbriqués les uns dans les autres, le visage d'une créature à la peau rouge et aux yeux jaunes, une prairie sous un ciel bleu, un gros chien noir et blanc, d'énormes machines d'aspect vaguement humanoïde et des pieds chaussés de rose fuchsia. Cependant, tant qu'elle n'était pas rétablie, la blessée dormait, sur le ventre, dans une espèce de filet encombré de couvertures suspendu au-dessus du sol.

Lyn lui permit de prendre ses marques, s'éclipsant régulièrement pour voir les autres membres du Nid et la laisser s'isoler. Bel lui autorisant des sorties, elle en profitait.

Le soir, Lyn cherchait sa main dans l'obscurité. Cléo tendait le bras vers elle.

Elles s'endormaient ainsi, sans rien dire, l'une donnant sa force et sa quiétude à l'autre.

Le troisième soir, juste après dîner – des champignons au goût fade et de la viande cartonneuse –, Lyn posa devant elle trois gros cailloux. L'un était cobalt, l'autre noir et le troisième, rouge.

— Tu veux bien écrire quelque chose sur le mur ?

— Quoi, par exemple ?

— Quelque chose comme… Tu sais ? Ce que tu m'as récité cette nuit-là, dans les tunnels.

Cléo sourit. Elle se souvenait de ces vers :

J'arrive – excusez-moi ! – par la dernière trombe.
Je suis un peu couvert d'éther. J'ai voyagé[1] *!*

Mais ce ne fut pas ceux-ci qu'elle inscrivit, avec application et maladresse car c'était la première fois, sur le mur de sa jumelle. Lorsque son œuvre, de couleur bleue, fut terminée, elle recula d'un pas, l'examinant sourcils froncés.

Curieuse, Lyn s'approcha. Et commença à lire, à mi-voix.

– Œil d'aigle, jambe de cigogne,
Moustaches de chat, dents de loup,
Fendant la canaille qui grogne,
Œil d'aigle, jambe de cigogne – qu'est-ce que cela ?
Ils vont, – coiffés d'un vieux vigogne
Dont la plume cache les trous ! –
Œil d'aigle, jambe de cigogne,
Moustaches de chat, dents de loup[2] *!* Il y a du rythme mais…

1. Edmond Rostand, *op. cit.*, acte III, scène 8.
2. *Ibid.*, acte II, scène 7.

— C'est la présentation des cadets de Gascogne, répondit Cléo avec un sourire malicieux. Des hommes en armes ou des fauves humains, va savoir ! Cela m'a semblé approprié.

— Des Chimères et des Mens ? J'adore l'idée ! Je pourrais même – qui sait ? – trouver un air pour l'accompagner. Comme ceci, dit-elle, frappant son tambourin de la paume de la main et à en faire tinter les grelots. Mais au fait… C'est quoi, un vigogne ?

— Un genre de chapeau ?

— Et une cigogne ?

— Peut-être un oiseau ?

Les jumelles échangèrent un regard, puis éclatèrent de rire. Un rire joyeux, spontané, libérateur. Un rire que Cléo retenait depuis si longtemps, qu'elle avait l'impression de ne jamais pouvoir l'arrêter. Il enflait, roulait, explosait, résonnait à l'intérieur du wagon, se répercutait sur chaque cloison et repartait de plus belle. Enfin, il perdit sa puissance, son intensité. S'éteignit, la laissant exténuée mais étrangement sereine, étendue les bras en croix sur sa couche.

Quand la jeune fille se redressa, elle se sentait prête à parler pour la première fois. Et Lyn, qui l'avait deviné, attendait calmement, assise sur son lit de fortune, ses ailes à demi déployées formant une cape rousse et brillante autour d'elle.

— Notre père s'appelait Jaz, commença Cléo. C'était, comme toi, un ailé. Mais ses yeux étaient rouges, ses plumes gris et blanc. Je crois qu'il venait de l'autre côté du fleuve, mais je n'en suis pas sûre. C'est Vro, le tatoueur, qui m'a parlé de lui. D'après mes déductions, ses parents ont été capturés par des Dégénérés et c'est en les vengeant qu'il l'a sauvé d'une mort certaine. Notre père était un guerrier, aventurier dans l'âme. Si j'ai bien compris, sa curiosité et son indépendance l'ont poussé assez loin de son territoire, et c'est ainsi qu'il a rencontré notre mère. Bien entendu, il était blessé quand Junie, une arpenteuse de mon ancien clan, est tombée sur lui. Nous lui ressemblons beaucoup…

— J'ai rêvé d'elle, l'autre nuit, murmura Lyn. Je me suis souvenue de son rire et de son regard. Enfin.

Une larme perla au coin de ses yeux. Cléo se leva et prit ses mains, émue.

— Elle était très courageuse. Très amoureuse, aussi.

Et elle lui raconta, sans rien omettre, ses doigts enserrant tendrement les siens, ce qu'elle avait appris. Quand elle arriva à leur capture, à l'emprisonnement de Junie et aux ailes arrachées de Jaz, elle s'exprima d'un ton neutre, monocorde, détaché. C'était plus facile ainsi. Cela aidait à mettre ses sentiments à distance, à dire sans montrer – à rendre cela plus tolérable pour Lyn et pour elle. Mais, même ainsi, elle ne put aller jusqu'au bout de ses révélations. Les images d'un bûcher dansaient devant ses yeux, les mots de Marcus martelaient son crâne et l'en empêchaient.

« Regarde, et n'oublie jamais. »

9

L'œil noir, l'œil grand ouvert se crevasse puis éclate, laissant apparaître un bûcher funéraire. Quatre silhouettes en armes attendent, une torche allumée dans la main, qu'on apporte les corps. Tout autour, une assemblée silencieuse aux visages blafards et réprobateurs. Impossible de les identifier clairement. Sont-ils Mens, sont-ils Chimères, ou Mutants ? Peu importe. Ils ne sont pas là pour être reconnus, mais pour témoigner, regarder et ne jamais oublier. La prisonnière, sa chevelure fauve pendant lamentablement sur son corps nu, est traînée jusqu'au pied du brasier. Inerte comme un cadavre, elle ne se débat pas. Elle ne proteste pas.

Et pourtant, elle est en vie…

Le cauchemar réveilla Cléo avant l'aube.

Couverte d'une sueur glacée, la jeune fille frissonna et se recroquevilla dans son épaisse couverture, essayant de chasser les regards terribles de ses juges aux masques de cire. Elle y parvint, mais ils furent aussitôt remplacés par ceux, encore indéterminés, qui décideraient aujourd'hui de son sort. De *leur* sort, en vérité. Lyn était peut-être née Chimère, elle était Mens pour moitié. Sa jumelle était confiante, certaine que l'épreuve ne serait qu'une formalité. Kio, celle qui lui avait donné son cœur, bien que plus réservée, semblait partager cet avis. « Ici, tout le monde aime Lyn. Il y aura quelques grincements de dents chez deux ou trois grincheux traditionalistes, mais c'est tout. Pour toi, ce sera plus compliqué parce qu'aux yeux des nôtres tu n'es qu'une sale Norm, mais tu as le soutien de Bel et le nôtre. Alors ils mettront peut-être du temps à encaisser, mais… » *Le nôtre*. Kio pensait à Lyn et elle. Pas une fois elle n'avait évoqué Axel. La femme-chouette les avait rejointes la veille, en fin d'après-midi, « histoire de faire connaissance avec l'autre moitié de Lyn ». Chargée de surveiller le territoire durant la nuit, elle s'était envolée au crépuscule, laissant Cléo étourdie par ce tourbillon que Lyn, manifestement, adorait. Après son départ, Cléo en avait profité pour interroger sa sœur au sujet des membres du Nid. Qui étaient Marlo et ce Senli, si hostile aux Mens ? Combien y avait-il de Mutants parmi eux ? Et, bien sûr, que pouvait-elle lui dire sur Ani ?

« On en revient toujours au même point. Axel qui aimait Ani. Axel qui ne m'aime pas. »

À quoi bon ressasser toujours la même chose ? À quoi bon chercher une fois encore la vérité ? Cela ne servait à rien, à part être jalouse et avoir envie de crever.

Ani était une Chimère aux plumes noir et blanc, une femme-hirondelle petite et élancée, plus rapide que tous les ailés de la Tour de l'Horloge. Elle aimait l'aventure, la vitesse et Axel. Tous deux avaient une relation bizarre, se lançaient sans cesse des défis, de plus en plus dangereux – et puis, le trait enflammé d'un Dégénéré, éclair qu'elle n'avait pu esquiver, l'avait fauchée en plein vol. Le drame avait eu lieu plusieurs lunes auparavant. Axel pensait que c'était sa faute et ne se le pardonnait pas.

« Jalouse d'une morte. Tu parles d'un ridicule ! Et, même si j'avais une chance, je ne peux pas essayer de me battre. Contre les fantômes, on ne peut déjà pas grand-chose, alors contre la culpabilité… »

Pourtant, Cléo ne pouvait s'empêcher d'espérer. Il l'avait embrassée, après tout. Et le souvenir brûlant de ses lèvres douces et exigeantes contre les siennes, de sa langue au goût enivrant, de ses caresses enfiévrées l'embrasait chaque fois qu'elle fermait les yeux et pensait à lui. Elle ne l'avait pas revu depuis leur retour au Nid. Elle avait senti sa présence une fois, de l'autre côté des fenêtres de peau tendue barbouillées de bleu. N'avait pas osé ouvrir la porte.

Il participerait à l'assemblée, aujourd'hui. Serait, d'après ce que lui avait expliqué Lyn, l'un des principaux rapporteurs. Cléo rêvait d'un discours enflammé, de mots assez forts, assez passionnés pour convaincre ses pairs de lui permettre, au nom de leur amour, de vivre parmi eux. Ces songes éveillés ne duraient pas plus de quelques secondes, chassés par la voix de la raison, acide et terriblement lucide. Si Axel la défendait, ce serait pour Lyn, non parce qu'il tenait à elle. Et ce baiser volé près de « BÉATRICE » – une manière comme une autre de le graver dans l'espace et le temps – n'était qu'un moment de faiblesse, une marque de pitié, rien de plus.

« Rien de plus, si ce n'est l'une des dernières choses à laquelle je peux me raccrocher », songea Cléo, regardant le jour naissant nimber l'intérieur du wagon d'un doux halo bleuté.

Quelques minutes plus tard, Lyn émergea du sommeil. Ses paupières papillonnèrent. Ses ailes, dont l'une était encore immobilisée par une attelle, frémirent. Elle s'étira en grognant puis, précautionneusement, s'assit au bord de son lit suspendu.

— Bien dormi ? demanda-t-elle.

— Et toi ? questionna Cléo, secouant la tête en signe de dénégation.

— Des scènes refont surface. Elles restent assez floues mais… Tu sais, c'est bizarre : sans toi, je ne me sentais pas complète, sans mémoire, je restais amputée d'une partie de moi-même. Et maintenant, cette vieille blessure commence enfin à cicatriser.

— Raconte !

— Oh ! Ce n'est qu'une toute petite chose ! À peine une image. Il y a les nuages. Notre père me tient dans ses bras. Je sens le vent contre ma joue et j'entends le bruit de ses ailes qui claquent.

— Ton premier vol ?

— Je crois ! Tu es prête ?

La jeune fille haussa les épaules.

— Pas vraiment.

— Tout se passera bien, tu verras. Et puis, ce sera l'occasion d'en apprendre un peu plus sur nos parents. Du moins, je l'espère. J'ignore s'ils ont trouvé quelque chose, ajouta-t-elle devant la mine perplexe de Cléo, mais plusieurs des nôtres sont partis en quête d'informations dans d'autres Nids. Qui sait ? Le nom de Jaz ne leur est peut-être pas inconnu ?

Cléo et Lyn vérifièrent une dernière fois leur tenue – même débardeur vert aux nuances inégales, même pantalon à poches, taillé dans une peau épaisse et douce – puis, main dans la main, prirent la direction du bâtiment principal. Laissant les wagons et le terrain inégal et broussailleux où se devinaient d'antiques rails, elles passèrent sous des frondaisons métalliques entremêlées de ronces avant d'emprunter une voie bétonnée. On devinait, à intervalles réguliers, les restes d'énormes piliers. Lorsqu'elles dépassèrent un accès de tunnel, la jeune fille ne put s'empêcher de frissonner.

— Ne t'en fais pas! la rassura Lyn. Cela fait longtemps que Ceux-d'en-dessous n'osent plus s'aventurer sur notre territoire.

Puis elles arrivèrent au cœur du Nid. L'édifice était encore bien conservé. Il y avait, un peu partout, des amoncellements de gravats et le sol s'était, à plusieurs endroits, affaissé, mais l'immense squelette de pierre était toujours intact. Ni le Cataclysme ni le temps n'avaient pu avoir raison de lui. Un cratère, au centre, ouvrait sur le niveau inférieur. Les Chimères avaient installé trois échelles, faites d'épais filins et de pièces métalliques rectangulaires, toutes semblables. Deux escaliers menaient à l'étage supérieur où l'on devinait encore, aux murs, l'esquisse d'anciennes fresques. Ils formaient une arche ouvrant sur une salle éclairée par des braseros, dont l'entrée était gardée par un colosse au pelage sombre et tigré, plus félin qu'humain. Il portait pour seul vêtement un caleçon de cuir noir et des bottes, avec en bandoulière une quinzaine de poignards de métal et d'ossements. À contre-jour, ses prunelles luisaient d'un éclat phosphorescent. Cléo déglutit. Elle sentait une peur sourde monter en elle et commencer, lentement, à tordre ses entrailles.

— Salut, Gris ! murmura l'ailée, l'agrippant plus fermement. Voici Cléo, ma jumelle.

— C'est vrai que vous vous ressemblez, grogna l'homme-chat, la toisant de haut en bas.

— Ils sont là ?

— Tous.

Tous ? Bel, Kio, ceux qu'elle ne connaissait pas, qui n'étaient autres sans doute que les juges implacables de son cauchemar – et Axel. Soudain, ses jambes furent de plomb. Un frisson glacé parcourut son échine. Un brouillard opaque la recouvrit, brouillant ses sens, s'infiltrant dans sa gorge, l'étouffant peu à peu. Seule la pression des doigts de Lyn contre sa paume l'empêcha de perdre pied.

— Tout ira bien, souffla cette dernière quand elles franchirent le seuil de la vaste pièce.

Mais rien n'allait. Cléo s'attendait à affronter une quinzaine d'individus, au plus une vingtaine. Or, ils étaient si nombreux qu'elle en avait le vertige. Il y avait des ailés aux rémiges brunes ou rousses, blanches, anthracite ou beiges, des hommes-rats aux pupilles rouges, noires, et même bleues, des hommes-félins au poil soyeux, aux iris d'or et d'émeraude, des hommes-chiens, une femme-renarde aux formes sculpturales, à la crinière fauve. Il y avait des Mutants, également. Apparence humaine, presque banale, et puis soudain, on *voyait* : une chevelure changeant sans cesse de couleur, une main s'ouvrant et se fermant sur une flammèche bleutée, faisant rire une gamine aux éclats. Ils étaient une cinquantaine, probablement plus.

Et toutes les conversations cessèrent à leur entrée.

Et tous les observèrent fixement.

Bel, le doyen de la communauté, s'avança, au bras d'une Chimère squelettique dont la peau, recouverte sur les bras d'un duvet rosé, paraissait presque translucide. Son visage aux traits canins était long et osseux ; elle avait un nez fin, de grands yeux bruns, presque disproportionnés, ornés de cils interminables.

— C'est Miya, chuchota Lyn à son oreille. Une ancienne éclaireuse.

Le couple s'arrêta à quelques pas d'elles ; le vieil homme-rat jaugea l'assemblée, s'attardant un instant sur chacun. Puis ils grimpèrent sur un plateau légèrement surélevé, agrégat nivelé où trônait un canapé recouvert de tentures violettes et orangées. Cléo et Lyn demeurèrent immobiles, debout au milieu de la salle. La jeune fille regarda discrètement sa jumelle ; impressionnée malgré tout par la solennité du moment, celle-ci regardait droit devant elle, aussi raide qu'une statue.

Enfin, Bel se dressa et leva une main frêle et pâle.

— Nous sommes réunis aujourd'hui pour écouter une histoire extraordinaire, déclara-t-il d'un ton bien plus ferme et plus grave que d'habitude. Celle de Lyn et de Cléo. Nous sommes également réunis pour écouter des témoignages et décider si cette jeune ailée et sa jumelle ont leur place à la Tour de l'Horloge.

Brouhaha. Murmures de surprise et de confusion. Lyn était des leurs, pas cette Norm ! Pourquoi les mettre dans le même sac ? Et que signifiaient ces conneries, à propos de gémellité ?

— Silence ! aboya Miya, bondissant vivement de son siège.

Il y eut des grognements, des claquements d'ailes, mais les protestations se turent. Bel attendit quelques instants avant de poursuivre.

— Maintenant que nous avons toute votre attention… Lyn, Cléo, c'est à vous.

— Mais nous n'avons rien préparé ! s'écria l'ailée, tout le sang se retirant de son visage.

— Tiens, c'est vrai, reconnut l'aïeul, retrouvant son caquetage ironique. Eh bien, ce n'est pas grave, ce sera plus spontané comme ça !

« Je vais vomir. »

Déballer sa vie ou ce qu'il en restait devant cette multitude hostile ? Non, merci ! Leur jeter pêle-mêle leur passé, l'amour de leurs parents ? Non, merci ! Mettre à nu le lien qui les unissait, dévoiler leur cœur et leur offrir en pâture ? Non, merci ! Non, merci… Ce « Non, merci ! » n'était pas d'elle, mais de Cyrano. Du fond de sa mémoire, cette âme généreuse lui insufflait la force et le verbe dont elle manquait. Retrouvant un peu de courage, la jeune fille regarda sa sœur, pressa doucement ses doigts glacés de peur, et sourit.

— Fais-moi confiance.

Alors, elle se lança. Au début, le ton était haché et hésitant. À mesure qu'elle gagnait en assurance, le rythme de ses phrases épousait celui du récit. Cléo rapporta leur affrontement près de l'Ile, la découverte du serpent ailé. Elle relata ses vaines recherches, son départ, sa capture par Ceux-d'en-dessous. Elle narra leur deuxième rencontre, la manière dont elles s'étaient échappées, s'interrompant de temps à autre pour laisser Lyn s'exprimer. Celle-ci, encouragée par l'aisance de Cléo, expliqua avec des mots plus justes, plus spontanés, l'évidence immédiate de leur affection, l'étrange sensation d'être enfin complètes. La jeune fille reprit la parole pour conter les amours de Jaz et de Junie. Ignorant l'origine de leur père, elle évoqua plus longuement leur mère, jusque dans ses derniers moments.

— Junie a préféré l'amour au parjure et la mort à la trahison, conclut-elle. Junie était notre mère. Et nous ne laisserons personne salir sa mémoire.

Craignant d'être allée trop loin, Cléo jeta un coup d'œil interrogateur à sa jumelle. Celle-ci hocha lentement la tête et étreignit sa main plus étroitement encore.

Il y eut un long silence.

Elle sentit des dizaines de regards la scruter, disséquer chaque phrase prononcée.

« Ça vous mènera à quoi ? Nos parents s'aimaient. Les ordures qui les ont massacrés étaient des Mens. Mon propre clan. Ce qui me rend deux fois orpheline. Et donne deux fois moins de sens à ma vie… »

La femme-renarde se leva et, après avoir eu l'assentiment de Bel, avança jusqu'à elles. Âgée d'une trentaine d'hivers peut-être, elle avait des formes sensuelles et un parfum légèrement musqué se dégageait de son corps aux reflets roux. Elle portait une tunique ceinturée à la taille et une dague courte. Rejetant crânement sa longue chevelure en arrière, elle pencha la tête de côté. La lumière des braseros se refléta, comme par magie, dans ses prunelles jaunes.

— Je m'appelle Eva. Je fais partie… disons… des fouineurs de coin, expliqua-t-elle à Cléo, un sourire malicieux jouant sur ses lèvres pleines. Du coup, je me suis portée volontaire pour chercher des choses sur Jaz. Ça n'a pas été facile, mais à force de bavarder à droite et à gauche, de parlementer et de tendre l'oreille au bon moment, on finit toujours par apprendre ce qu'on veut ! Bref, on a été plusieurs à fouiller et voici ce qu'on a découvert sur votre père : il venait du sud. Un truc en rapport avec les Carrières, je crois. Bon, là-bas ce n'étaient pas nos alliés, ils avaient de sales habitudes et ça leur a pété à la gueule. Entre-temps, il y avait eu des frictions au sein de leur Nid. Des gens qui ont décidé d'essaimer ailleurs. Jaz en faisait partie : d'après ce que j'ai compris, il a perdu ses parents à cause des Dégénérés, là je ne vous apprends rien, mais ça lui a aussi permis de régler ses comptes avec deux ou trois Chimères. Du coup, il a été obligé de fuir. Là, j'avoue que c'est flou : on n'a pas réussi à savoir s'il s'était barré ou si on l'avait mis dehors. Voilà. Après, ce qui se dit, c'est qu'il a eu une histoire avec une Mutante – désolée, mais je crois que les gens ont du mal avec les relations inter-espèces – et que ça s'est terminé en drame. Dégénérés, Norms… Il y a plusieurs versions.

« Notre père a fui un Nid d'esclavagistes. Si mes souvenirs sont exacts, ceux des Chaînes brisées étaient retenus prisonniers aux carrières, réfléchit Cléo. Et ceux des Chaînes brisées, comme leurs anciens bourreaux, considéraient les hybrides comme des abominations… »

Un battement d'ailes interrompit ses pensées. Elle sentit son cœur battre plus vite, ses genoux trembler. Un instant plus tard, Axel se posait à leurs côtés.

10

Il était moulé dans un pantalon de cuir anthracite et des bottes lacées sur les côtés. Les braseros donnaient à ses ailes sombres des reflets moirés et paraient de bronze les longues rémiges de sa chevelure. Un pendentif métallique en forme de tour élancée, un peu semblable à celui que lui avait offert Lyn, reposait sur sa poitrine. Son visage à la bouche sensuelle avait la rigidité du marbre. Exactement comme les masques indifférents de son cauchemar. D'un ton détaché, Axel rapporta leur expédition dans le marais-monde, les combats contre les Dégénérés et les révélations de Vro, l'ancien des Tritons. Il parla également de Cléo. Relata les circonstances de leur première rencontre, lorsqu'elle avait failli étrangler Tam avant de se raviser et de les aider à fuir, puis de leur deuxième affrontement. Cette fois encore, la Norm avait choisi d'aider Axel, et non les siens.

Tout son discours fut neutre, dénué de passion. Quand il eut terminé, il salua, poing sur le cœur, Bel et Miya qui écoutaient attentivement puis s'envola vers sa place. Pas une fois ses prunelles noires piquetées de bleu ne se posèrent sur elle. Cléo en aurait pleuré. De rage. De tristesse. Noyée dans un brouillard opaque et glacé, elle saisit à peine les autres témoignages. Peu importait. Rien n'importait plus d'ailleurs, puisqu'il ne la *voyait* pas. Un discret coup de coude la tira de son engourdissement.

— … agi ainsi ?

Cléo reconnut celui qui s'adressait à elle. C'était un ailé aux plumes grises, à la tête et aux yeux ronds. Elle s'était battue contre lui, ce jour-là. Le jour où Lyn avait bouleversé sa vie. Il s'appelait Marlo. Que disait-il ? Que voulait-il ? Elle ne pouvait lui demander de répéter sa question ! Tous auraient su, alors, qu'elle ne les écoutait plus depuis longtemps.

— Il veut savoir pourquoi tu as protégé Tam, souffla Lyn, la dévisageant avec inquiétude. Cléo, tu vas tenir le coup, dis ?

La jeune fille eut un pâle sourire.

— Je vais me débrouiller. Excuse-moi, dit-elle, se tournant vers Marlo. J'essayais de rassembler mes idées…

— Au moins, ça prouve bien que c'était pas spontané ! lança quelqu'un.

— Parce que ça l'aurait été, de ton côté ? rétorqua Lyn, dardant vers lui un regard venimeux.

— Les Norms, c'est pas la même chose, gronda l'importun au faciès canin, dénudant des dents jaunes et pointues.

— C'est exactement la même chose ! *Nous* sommes leurs ennemis, autant qu'eux sont les nôtres. Au lieu de la juger, demande-toi comment tu réagirais à sa place face à un Mens et un gamin.

— En fait, ce que tu essaies de dire c'est que c'est la faute d'Axel ! persifla Eva, jouant négligemment avec une mèche. C'est vrai, quoi ! Il avait qu'à lui couper la tête ! Ç'aurait été beaucoup plus simple, et ça nous aurait évité des débats sans fin.

— Je n'ai pas dit ça ! protesta l'homme-chien. Je dis juste que ce n'est pas parce qu'elle a donné un coup de main une ou deux fois, et que c'est la sœur de… de Lyn, qu'il faut lui faire confiance. Elle reste une putain de Norm !

— Et toi, Chô, t'es un putain d'imbécile doublé d'un couard, siffla la rousse Chimère. Mais c'est pas une grande découverte, hein ?

— Suffit !

La voix de Miya, cinglante comme un coup de fouet, ramena de nouveau le calme. Eva et son adversaire baissèrent les armes. L'assemblée reporta son attention sur Cléo.

« Putain. » Le mot favori de Tybalt. Il avait suffi à faire monter en elle un flot de bile et de colère. Une envie de vomir, comme chaque fois qu'elle pensait à lui. Une envie de frapper, parce que les blessures qu'il lui avait infligées ne se refermaient pas. Elle ne laissa pas ses émotions l'emporter. Parvint à les canaliser, les transformer en paroles.

— Comme l'a fait remarquer ma sœur, les Ashes sont les ennemis des Mens. Une masse indistincte d'hybrides bestiaux dont il faut se débarrasser à tout prix. Enfants, adultes… Là où j'ai grandi, c'est la même chose : de la vermine, rien de plus. Pourquoi je n'ai pas tué Tam ? reprit-elle après un instant de silence. Parce qu'Axel m'en a empêchée. Pourquoi je les ai aidés ? Parce qu'il aurait pu me tuer, et ne l'avait pas fait. Parce que j'avais honte de moi, de ma propre violence… Parce que les autres ne l'auraient pas épargné.

— Les autres… Les membres de ton clan ? repartit Marlo.

— De mon *ancien* clan.

— Pourquoi avoir protégé Axel, dans le jardin sauvage ? interrogea un homme-chat appuyé, bras croisés, contre un mur. Ta dette était payée, il me semble.

Timbre râpeux aux résonances ironiques. Lueur suspicieuse dans ses prunelles opalescentes.

« C'est Senli dont la compagne a été tuée par des humains, devina Cléo. Que répondre ? Que j'ai agi par amour ? Que mon choix était déjà fait ? Je ne l'avais pas encore compris alors – j'imaginais Lyn à la place d'Axel –, mais en vérité, je n'ai jamais vraiment hésité. »

Instinctivement, elle leva la tête vers les hauteurs. L'ailé était perché sur une énorme poutre, à côté de Kio. Proche à le toucher, la femme-chouette chuchotait quelque chose à son oreille. Il écoutait, apparemment attentif. Mais il était trop éloigné pour que Cléo déchiffre l'expression de son visage.

Inspirer. Retenir ses larmes. Se concentrer. Rester maîtresse de son cœur, de son esprit. Expirer. Livrer l'explication la plus rationnelle – et la plus juste possible.

— Lyn aurait pu se trouver à sa place, dit-elle simplement.

— Et c'est tout ?

Senli la toisait, paupières étrécies, peu convaincu de son explication. Manifestement, son attachement pour Lyn ne suffisait pas à justifier ce choix. Il le considérait peut-être comme une trahison envers ceux qui étaient, à l'époque, les siens. D'une certaine façon, il n'avait pas tort – et l'histoire se répétait étrangement.

— Mon père était une Chimère. Et ils étaient à trois contre un. En laissant faire, j'aurais eu l'impression de souiller sa mémoire.

L'homme-chat se détendit imperceptiblement.

— Tu comptes faire quoi, maintenant ? demanda-t-il après un instant de silence.

— Je ne comprends pas…

— Tu veux venger ta famille ? Reprendre la vie qu'on t'a volée ?

Désemparée, Cléo se tourna vers sa jumelle. Elle avait bien sûr songé à la vengeance. À leur faire payer. Elle s'était imaginée plantant une lame dans la gorge de Marcus, coincer Xian et la secouer jusqu'à ce qu'elle demande pardon pour sa couardise et ses mensonges. Mais il y avait Tania, et d'autres qui n'y étaient pour rien. Avait-elle le droit de réduire en miettes leur existence pour soulager la sienne ?

— Jaz et Junie étaient *nos* parents, déclara calmement Lyn. Ma sœur et moi n'en avons pas encore discuté, mais je ne crois pas que nous le souhaitions.

— Alors, tu vas rester ici ?

Les mots étaient lâchés. Ils provoquèrent aussitôt un tollé. Quelques insultes fusèrent. De violentes discussions s'engagèrent – et, cette fois, ni Bel ni Miya n'essayèrent de les modérer. Le sujet était trop important pour cela. Quand les esprits se seraient assez opposés et les passions suffisamment exprimées, songea Cléo, ils interviendraient. Marcus agissait parfois ainsi, au Passage. Cela lui permettait de laisser aux membres du clan l'illusion d'un débat – mais, généralement, lui seul prenait les décisions. « C'est ce qui fait de ton père un putain de bon chef, disait Tybalt, qui essayait de reproduire la même chose avec ses maraudeurs. Il est capable de trancher dans le vif, tu vois, de dire : merde, c'est moi qui décide. Et personne ne moufte. » Mais Marcus était un monstre, et Tybalt ne valait guère mieux que lui. De quel bois étaient faits les anciens de ce Nid ? Imposeraient-ils leur volonté aux Chimères ? Écouteraient-ils leurs arguments avant de trancher ?

D'après ce qu'elle entendait, le statut de Lyn, son appartenance à la Tour de l'Horloge, n'étaient pas un instant remis en cause. Pour tous, l'ailée était une Chimère – et, quelque part, sa naissance était un accident, un peu comme un petit qui viendrait au monde avec un poil un peu trop dru, ou pas assez. Sa présence, en revanche, posait maintes questions. Les uns pensaient qu'elle n'était pas vraiment Norm, et avait sa place parmi eux. Les autres croyaient qu'elle les trahirait à la première occasion, les mettrait en danger d'une manière ou d'une autre. Certains – rares – allaient jusqu'à réclamer sa mort.

Kio vola jusqu'à elles et les entraîna vers l'extrémité de la salle, enlaçant tendrement Lyn. Elle demeura en leur compagnie, discutant à mi-voix avec son amie. Celle-ci, heurtée par la violence des réactions de ses pairs, était livide.

« Que se passera-t-il, si je ne peux rester parmi eux ? Que se passera-t-il *si je reste* parmi eux ? Je ne suis pas des leurs. Je ne connais rien à leurs coutumes et ils ne veulent pas vraiment de moi – j'ai de la chance qu'aucun ne me considère comme un monstre à peine doué de parole ! Et puis… »

Et puis, Axel ne l'aimait pas. Alors, à quoi bon tout cela ? À quoi bon vivre, si nulle part elle n'avait sa place, si personne, en dehors de Lyn, n'éprouvait pour elle le moindre attachement ? Une fois de plus, l'affection d'une sœur l'empêchait de sombrer. Au Passage, Tania était son unique soutien, la seule avec laquelle la jeune fille pouvait se livrer vraiment.

« Et, bien sûr, je l'ai laissée tomber. »

Une vague de culpabilité, de nostalgie aussi, la submergea. Elle se rappelait soudain leurs jeux quand elles étaient enfants, les histoires qu'elles se racontaient avant de s'endormir. Parfois, elles inventaient la suite d'un conte du vieux Tir. Après sa mort, elles puisaient dans les légendes dont elles se souvenaient, celles qui évoquaient le Cataclysme et les temps qui l'avaient précédé. En grandissant, les jeux s'étaient transformés en confidences et en fous rires, en disputes aussi. De plus en plus fréquentes. Malgré cela, elles s'adoraient. Deux ans plus tôt, après une violente querelle, Tania était arrivée en larmes dans sa minuscule chambre. Lui avait avoué qu'elle était amoureuse. N'avait pas voulu révéler le nom de son élu. Pour lui changer les idées, Cléo, un peu confuse – Tania était malheureuse, alors que Tybalt et elle échangeaient leurs premiers baisers –, lui avait raconté *La Nuit des rois*. L'adolescente aux boucles blondes s'était endormie longtemps avant la fin.

« J'aurais dû la consoler, l'écouter et au lieu de ça… Je me demande franchement ce qui m'a pris. »

Si les Chimères la chassaient, Cléo retournerait au Passage. Au moins pour voir Tania une dernière fois. Parce qu'elle lui devait au moins ça. Et après ? Il y avait ces Gypsies, nomades aux traits rudes, aux vêtements étranges, colorés, qui venaient parfois dans la cité troquer nouvelles de l'extérieur, objets exotiques et talents de bateleur contre des vivres et des matières premières. Peut-être pourrait-elle se joindre à eux ?

« Je ne suis ni acrobate ni conteuse, mais je connais assez de théâtre pour jouer des extraits en public… Et si les spectateurs ne comprennent pas, je simplifierai. Je l'ai fait au Passage, après tout. »

À l'autre bout de la pièce, les débats s'apaisaient. Enfin, Bel se leva. Il était temps de retourner dans l'arène.

Faire ses preuves. Voici ce qu'on exigeait d'elle, au terme de discussions redevenues houleuses. On la tolérait – à peine ! – parce que Lyn avait menacé de partir, parce qu'Axel avait soutenu sa sœur adoptive, et Kio son amie. Parce qu'Eva, la turbulente femme-renarde, les avait rejoints, prétextant l'envie soudaine de découvrir le monde aux côtés d'une Norm. Mais, sous ses airs facétieux et ses propos légers, la Chimère savait ce qu'elle faisait : son geste fut décisif, et dompta les plus belliqueux. Bel profita de l'accalmie pour souligner les capacités de guérison exceptionnellement rapides de Cléo – cela faisait peut-être d'elle une Mutante. Miya conclut le débat, la mettant sous la responsabilité de sa jumelle et de ceux qui avaient parlé pour elle en attendant d'éprouver sa loyauté.

D'après Kio, c'était ce que la jeune fille pouvait espérer de mieux. Cela signifiait qu'elle était protégée : qui l'agressait défiait ses protecteurs ; et il y avait plus pénible qu'accompagner Eva, Axel ou elle-même dans un de leurs périples. Le reste viendrait naturellement.

Il fallait juste laisser un peu de temps aux habitants du Nid.

— Tu sais ce qui me ferait vraiment plaisir ? déclara la femme-renarde, avant de les quitter. Que l'autre abruti rapplique par-derrière – remarque, il n'est pas fichu de faire autrement – et essaie de te faire la peau.

— Je serais obligée de me défendre, et ce serait la parole d'une Norm contre la sienne.

— Mais non ! Réfléchis : il t'attaque en vrai lâche ! Il te blesse, donc, ça fait une preuve…

— Que lui reproches-tu, au juste ?

— C'est une longue histoire. Je la raconterai quand on ira vadrouiller toutes les deux, éluda Eva. Dernière question, Cléo… Tu es vraiment une bonne guerrière ?

Celle-ci eut un sourire un peu triste.

— J'ai été dressée pour ça.

— Parfait ! Au moins, si on doit se battre, je n'aurais pas à vérifier toutes les deux minutes que tu es vivante !

Sur ces paroles, Eva s'éclipsa.

Ils n'étaient plus que quatre, sous les arches métalliques menant à la partie extérieure du domaine. Le ciel, clair au petit matin, disparaissait derrière d'énormes nuages couleur de plomb ; balayés par le vent, ils roulaient et se tordaient en tous sens, noyant l'horizon de coulées noirâtres, semblables à des larmes ou du sang.

Kio les accompagna jusqu'au wagon, puis s'envola : une patrouille à effectuer, au sud du Nid. Il n'y avait plus que Lyn, Axel et elle. L'homme-corbeau n'avait pas dit un mot durant le trajet. L'expression de son visage demeurait neutre et ses prunelles, indéchiffrables. Lyn l'observa un moment en silence puis secoua la tête, exaspérée.

— Axel, il faut qu'on parle. Cléo, tu veux bien nous attendre à l'intérieur ? déclara-t-elle, ouvrant la porte de son refuge et l'invitant, d'un geste, à entrer.

« Non ! Pas ça, Lyn, je t'en prie. Laisse-le partir… Ça ne sert à rien. Il m'a défendue juste pour te faire plaisir, et supporte à peine ma présence. Si tu l'obliges à rester, alors qu'il n'a qu'une envie, être loin, avec une autre peut-être, ce sera pire. »

Avec une autre. Cette pensée eut l'effet d'un coup de poignard.

« Autant m'y habituer. »

Mais Cléo savait qu'elle n'y parviendrait pas.

— Ça ne peut pas attendre ? rétorqua Axel, la mine sombre.

— Non.

— Et pourquoi ?

— Parce que tu deviens franchement imbuvable, cracha la Chimère, claquant sèchement la porte derrière elle.

Cléo se laissa aller contre la cloison, anéantie. Pourquoi Lyn voulait-elle s'en mêler ? C'était leur histoire. Leur non-histoire plutôt. Il n'y avait rien à en dire, rien à en tirer. Et, s'il croyait que Cléo lui avait raconté leur baiser, ce serait pire que tout.

Des bribes de conversation lui parvinrent. Presque malgré elle, envahie par une curiosité morbide, Cléo se rapprocha de la fenêtre de peau.

— … tiens énormément à vous. Axel, nous avons grandi ensemble et je te considère comme mon frère… Cléo… mon âme sœur et je… qui je suis. Je refuse de choisir.

— Personne ne te demande…

À cet instant, des éclairs crevèrent les nuées. Il y eut des bourrasques, l'orage gronda, puis les premières gouttes s'écrasèrent sur le toit du wagon. Lyn et Axel s'abritèrent sous l'auvent.

— … odieux avec elle !

— Je garde mes distances, c'est tout.

— Et pourquoi ?

— J'ai mes raisons.

— Tes raisons, ce n'est pas Ani et ta foutue culpabilité, par hasard ? Ne me regarde pas comme ça : je sais qu'il y a quelque chose entre vous. Pas besoin d'être un génie pour le comprendre.

Nouveau coup de tonnerre. La pluie tombait dru, rendant leurs propos plus difficiles à entendre.

— Comment peux-tu… Ani… elle… ce n'est qu'une Norm !

— … n'es… imbécile, Axel !

La dispute se poursuivit un moment encore. Mais Cléo n'écoutait plus. « Ce n'est qu'une Norm. » Les mots, brûlants comme de l'acide, ravageaient son esprit. « Ce n'est qu'une Norm. » Le monde s'écroulait définitivement autour d'elle, emportant avec lui ses derniers rêves, ses dernières bribes d'espoir. Quoi qu'elle fasse, cela ne changerait rien. Ni pour Axel ni pour les autres. Elle n'était et ne resterait qu'une Norm. Autant dire une merde. Une moins que rien. À défaut de l'aimer, même un tout petit peu, l'ailé lui aurait ouvert les yeux…

Le clan du Passage lui avait volé sa vie.

Elle ne pouvait laisser les Chimères lui arracher sa dignité.

Sa décision était prise.

Quand sa jumelle revint dans le wagon, les yeux rouges et gonflés, Cléo la serra longuement dans ses bras et l'embrassa sur le font. Une manière comme une autre d'anticiper les adieux et d'éviter les questions.

11

Cléo dut attendre près d'une semaine avant que l'occasion de quitter la Tour de l'Horloge se présente. Une semaine, pendant laquelle elle faillit plusieurs fois revenir sur sa décision. La jeune fille goûtait auprès de sa jumelle une paix et un sentiment de complétude qu'elle n'avait jamais encore ressentis, et découvrait en Lyn, plus qu'une sœur, une véritable amie. Le lien qui les unissait était si fort qu'elles devinaient leurs pensées mutuelles – aussi lui fut-il terriblement difficile de dissimuler ses plans. Mais jamais elles ne franchissaient la frontière du jardin secret de l'autre. Accord tacite, évident : ses sentiments pour Axel n'étaient jamais évoqués, des amours de Lyn il n'était jamais question. Cléo avait hésité à passer cette limite ; la peur l'en avait toujours empêchée. Peur de provoquer une nouvelle altercation entre Axel et Lyn, peur d'être rejetée plus violemment encore par l'homme-corbeau et de voir ses espoirs, fussent-ils d'absurdes rêveries, anéantis. Kio, l'amie de Lyn, l'avait adoptée ; la femme-renarde se montrait curieuse et plutôt amicale. Les autres l'observaient de loin, comme une bête curieuse ou un monstre de foire. Jamais ils ne l'approchaient, sauf par obligation. Cléo essayait de les ignorer. Y parvenait la plupart du temps, au point de se dire que ses idées de fuite étaient lâches et stupides, qu'ils avaient simplement besoin de temps.

Et puis, il y avait eu l'incident.

Accompagné d'une Chimère aux rémiges immaculées, à la chevelure de plumes diaphanes, Chô l'avait coincée alors qu'elle rejoignait Eva à l'extérieur du Nid. L'affrontement, aussi bref que violent, s'était arrêté net : fondant du ciel, Axel les avait rapidement séparés. Les mots de l'ailé, devançant ses propres paroles, avaient fait à Cléo l'effet d'un coup de poignard. « Inutile de me remercier. J'ai fait mon devoir, c'est tout. »

Il s'était envolé, et avec lui ses ultimes hésitations.

Partir devenait une nécessité.

Le crépuscule voilait la Tour de l'Horloge d'ombres sinistres lorsque Cléo quitta le wagon de sa jumelle. Elle lui laissait son exemplaire de *Cyrano* et, entre deux pages, une feuille soigneusement pliée.

« Ma chère Lyn,

Quand tu trouveras cette lettre, je serai proche du territoire du Passage, mon ancien clan. C'est dangereux, je le sais, mais il m'est impossible de commencer une nouvelle vie sans retourner une dernière fois là-bas, sans dire adieu à mon passé.

Tania a le droit de savoir ce qui a vraiment eu lieu au Jardin sauvage. Je lui dois au moins ça. Quant aux autres… Comme tu l'as deviné, je ne veux pas me venger. Mais j'aimerais, si je le puis, entendre de la bouche de Xian la vérité.

Prends soin de Cyrano, *lis-le si tu en as envie. C'est le meilleur de moi-même… et je ne l'ai pas écrit !*

Je t'embrasse, ma sœur.
Cléo. »

Avec un peu de chance, Lyn ne la trouverait pas avant le lendemain. Cléo ne mentait pas : elle comptait vraiment se rendre auprès de Tania ; elle avait simplement omis de préciser *quand* elle reviendrait.

« Jamais. Tania. Xian, qui sait ? – et après… les Gypsies ou l'errance. »

Kio se trouvait à son poste habituel, au sommet de la tour située sur la route des marais. Elle ne l'attendait pas, mais il fallait bien trouver un prétexte pour quitter le Nid. D'après ses calculs, Cléo n'avait qu'à emprunter cette voie jusqu'au carrefour, et bifurquer discrètement sur la droite. Une route menait vers le Grand Creux. Une fois l'énorme cratère atteint, il lui serait plus aisé de se repérer.

« J'emprunterai le chemin du jardin sauvage. Au pire, je n'aurai qu'à me débarrasser d'une meute de chiens ou de quelques singes. Tromper la vigilance des Chaînes brisées ne devrait pas être trop difficile. Il suffit d'attendre la nuit. Et puis, j'ai déjà réussi une première fois… »

— Où vas-tu ?

Une voix râpeuse et grave la fit sursauter. Elle se reprit immédiatement, se tourna dans sa direction, essayant de ne montrer aucune nervosité quand la silhouette féline de Senli jaillit de la pénombre. Son pelage sombre paraissait de la matière même des ténèbres. Ses prunelles, deux disques parfaitement ronds, luisants comme du métal en fusion, la scrutaient intensément.

— Je rejoins Kio à son poste habituel.

— Seule ?

Cléo haussa les épaules.

— Quelqu'un devrait t'accompagner, poursuivit l'homme-chat. Tu as des ennemis, jeune fille.

— Tout le monde a des ennemis. Tu penses à Chô et à cette ailée ? reprit-elle après un instant de silence. Qui est-ce ? Je ne l'avais jamais vue, pas même pendant l'assemblée.

— Elle n'avait aucun intérêt à s'y montrer, je suppose. Elle devait penser que tu serais chassée, avec Lyn dans la foulée.

— Des Mens ont-ils causé un malheur ou…

— Tout le monde ne peut avoir ce privilège, coupa-t-il, un rictus amer découvrant ses canines acérées. La concernant, être sur son chemin suffit à la rendre hargneuse. Elle veut Axel. Il y a quelques mois, Ani se tenait entre elle et sa proie… Maintenant, en plus de Lyn, il y a toi.

— Moi ?

Cléo porta instinctivement la main à sa gorge, le cœur battant.

— Vous avez un vécu, tous les deux. Et maintenant, il est obligé de te surveiller – ou de veiller sur toi, c'est selon. Tu es donc son ennemie. Mais elle n'est pas la seule à vouloir ta peau, ajouta-t-il d'un ton bas. Certains cherchent un prétexte pour provoquer un conflit. Ta mort, ou celle d'un des nôtres, mettrait le feu aux poudres. Dis-moi, que sais-tu d'Eva ?

— Elle a du panache, c'est une excellente espionne…

— Et c'est aussi une personne très dangereuse. Tu ne t'es jamais demandé pourquoi elle t'avait soutenue aussi *spontanément* ?

— Elle était très déçue de ne pas être là quand Chô et les autres m'ont attaquée. Je ne suis pas stupide, Senli : cela sert ses intérêts.

— Eva veut sa tête. Elle a réclamé un combat à mort, mais ni Bel ni Miya ne le lui ont accordé : elle a dû se contenter d'un duel au sang. Chô a été vaincu, tu t'en doutes. Les choses en seraient restées là s'il n'y avait pas eu un second incident...

— Et le premier était...

— Eva ne t'a rien raconté, alors ?

— Non, répondit doucement Cléo. Mais je te l'ai dit : je ne suis pas stupide. Pourquoi me confies-tu tout cela, Senli ? Dis-moi, quels sont tes intérêts ?

L'homme-chat ne s'attendait apparemment pas à ce qu'elle lui pose aussi directement cette question. Se passa le pouce sur les crocs, pensif. Lui indiqua, d'un signe de tête, de le suivre. Prit la direction des marais.

« J'espère qu'il ne m'escortera pas jusqu'à Kio, songea Cléo en lui emboîtant le pas. J'avais tout préparé ! Si mon plan échoue, je ne sais quand l'occasion se présentera de nouveau... »

Mais Senli s'arrêta près d'un monceau de gravats, avant d'arriver au pied de la tourelle. Un poteau en émergeait, plante métallique miraculée du Cataclysme, dressant vers les cieux enténébrés deux uniques feuilles disposées en fourche.

— Nous étions trop proches du Nid, déclara-t-il, lui indiquant d'un geste l'ombre d'un porche rectangulaire, béance noire soutenant une ruine dallée de béton.

Cléo arqua un sourcil, méfiante. Sa compagne était morte, tuée par des Mens. Pour lui, la jeune fille représentait l'ennemi. Que voulait réellement l'homme-chat ? La tuer, manière comme une autre de venger celle qu'il aimait ? La mener dans un piège ?

« Il n'y a qu'une façon de le savoir. »

Tous les sens aux aguets, elle obtempéra, fit quelques pas dans un hall envahi de détritus. Heurta une masse dure, rugueuse. S'arrêta. Ne perçut nul danger, nul bruit en dehors de leur propre respiration et du crissement des graviers sous leurs pas.

— Ce n'est pas à moi de te révéler les secrets d'Eva, murmura la Chimère une fois près d'elle. Sache néanmoins qu'elle avait une fille. L'enfant serait morte à cause de la négligence de Chô.

— Et ce n'est pas vrai ?

— Je crois que c'est encore plus grave, mais que tant que nous n'aurons pas approfondi nos recherches et identifié ses complices, nous ne pourrons rien prouver.

— Nous ?

— Nous. Et je ne t'en dirai pas plus sur ce point, déclara-t-il d'un ton ferme. Tu voulais connaître mes raisons de te parler ? Les voici : nous soupçonnons Chô et ses partisans d'être alliés à un autre Nid. Un Nid qui aurait tout intérêt à ce que nous nous entre-déchirions. Nous les soupçonnons également d'avoir livré des proies aux Dégénérés. En échange de quoi ? Je n'en sais rien. Ce dont je suis sûr, c'est que, si un conflit éclate, l'enquête sera définitivement compromise. Les pistes disparaîtront, et nous ne saurons jamais pourquoi Chô et les siens ont trahi.

— Et moi, dans tout ça…

— Tu es devenue un enjeu pour les deux factions. Je veux que tu en sois consciente, et que tu m'aides à éviter que cela ne se dégrade. Essaie d'être prudente, de ne jamais rester seule par exemple.

— Je ne comprends pas pourquoi tu me révèles tout cela. Je suis une Mens, et…

— Ton histoire m'a obligé à remettre certaines choses en perspective, expliqua-t-il. Tout le monde n'a pas le cran – ou la force – de survivre à la vérité. Toi, si. Je trouve ça admirable, jeune fille.

Cléo se mordit les lèvres, émue par ce compliment inattendu. Senli avait décidé de lui faire confiance. Parce qu'il n'avait pas le choix, parce qu'il l'en jugeait vraiment digne… ou par intérêt. Mais il lui demandait un soutien qu'elle ne pouvait lui accorder.

— Je ne peux pas t'aider, Senli, murmura-t-elle, confuse. À moins de considérer mon départ comme une aide…

— Tu t'en vas ?

— Je me retire du jeu.

— Pourquoi ?

« Parce qu'il ne m'aime pas. »

Mais elle ne pouvait répondre cela. Alors, elle se contenta de hausser les épaules et de serrer les dents pour ne pas pleurer. L'homme-chat la considéra longuement, ses prunelles opalescentes rivées aux siennes, en quête d'une explication qu'elle ne pouvait donner.

— Où iras-tu ? demanda-t-il d'une voix douce.

— D'abord au Passage, dire adieu à ma sœur adoptive. Tania n'est pour rien dans cette histoire, et je ne veux pas m'en aller sans la revoir une dernière fois. Après… Loin d'ici, je suppose. Loin de cette ville.

— Et Lyn ?

— Je lui ai laissé une lettre. Je ne suis pas si courageuse, tu vois.

La Chimère plissa les paupières, se frotta une fois de plus le pouce contre ses canines.

— Tu files ce soir, c'est ça ?

— Lyn croit que je monte la garde avec Kio.

— Tu vas jusqu'au Grand Creux ?

Cléo acquiesça.

— Laisse-moi t'y accompagner.

Quelques minutes plus tard, ils s'engageaient sur une voie crevassée, bordée d'immeubles aux formes bancales et efflanquées. Ils marchèrent longtemps, silencieux, se coulant l'un derrière l'autre dans l'obscurité des façades, passèrent près d'un squelette métallique de la taille d'un grand wagon. Des grattements, des couinements s'en échappaient. Cléo distingua, brièvement éclairée par le clair de lune, la silhouette d'un rat. Ils bifurquèrent dans une autre avenue, aussi large que la première, plus dévastée à mesure qu'ils approchaient du cratère. Là, les bâtiments n'étaient plus qu'amas de pierres, de poutres et de béton. Des arbres s'étaient frayé un passage dans les décombres : les troncs poussaient bon gré mal gré ; leurs branches croissaient, difformes et rachitiques.

Enfin, ils arrivèrent au bord du ravin. Des brumes baignaient le fond du Grand Creux de lueurs spectrales, filaments malsains échappés des marais, prisonniers d'une gigantesque tombe à ciel ouvert. De temps à autre, un hululement perçait les ténèbres et des grognements se répercutaient sur les pentes.

— Ce n'est pas à moi de te retenir, mais… tu es sûre de ton choix ?

— Oui.

— Alors bonne chance, jeune fille, la salua l'homme-chat, posant une main griffue sur son épaule avant de s'éloigner.

— Senli ?

Il se retourna vers elle.

— Merci. Merci pour tout.

Cléo resserra les pans de sa veste. Elle se sentait seule. Triste. Vulnérable. Faillit rebrousser chemin, rattraper la Chimère, retourner avec elle à la Tour de l'Horloge. Tant pis pour la dignité, tant pis pour son cœur en miettes : là-bas, au moins, il y avait Lyn ! Mais elle se reprit, déterminée à ignorer ses peurs. Puis regarda alentour, cherchant un passage menant de l'autre côté.

Après maintes hésitations, Cléo décida de longer les marais. Ils lui paraissaient moins hostiles que les ruines où guettaient Ceux-d'en-dessous. Lyn et elle s'étaient échappées des sous-sols, là-bas. La pensée d'affronter à nouveau ces abominations dont elle ne *voulait* pas se souvenir suffisait à lui donner la nausée. Et puis, elle n'aurait peut-être pas envie de résister.

Les paluds bruissaient de vie ; elle entendait des croassements, d'étranges sifflements, le bruit d'un corps lourd plongeant dans l'eau, le râle étouffé d'une proie. Curieusement, ces sons la rassuraient, lui prouvaient que tout était normal. Arrivée de l'autre côté, elle chercha le chemin emprunté la première fois, quand Lyn l'avait menée au Jardin sauvage. La jeune fille pataugea un moment dans la fange avant de retrouver la pente crevassée, bordée de cabanes abandonnées, noircies par le feu et les intempéries. Se souvint des explications de Lyn : les Mutants qui habitaient ces huttes avaient été décimés par une épidémie. Les Chimères avaient été contraintes de tout brûler, pour éviter la propagation du mal.

Pas de chiens affamés sur ses traces, cette fois. Pas d'ossements témoignant de leur bref affrontement. Aucune trace non plus du combat qui l'avait opposée à Axel, puis à ceux du Passage. Du temps avait passé – la pluie, le vent avaient tout balayé. Elle s'arrêta près de la futaie, fascinée par les arbustes bleutés, d'une beauté étrange et fatale puisque leurs épines étaient empoisonnées.

— Je pourrais dire au revoir à Tania et revenir ici, murmura-t-elle. Faire de ces ronciers bleus mon tombeau.

Les nuages, chassés par le vent, dévoilèrent la lune. Sa lumière diffuse nimba les frondaisons basses et sinueuses d'un halo d'argent. Émue, Cléo pressa les mains contre ses lèvres, sentit une larme couler sur sa joue. Et se rappela Cyrano.

— *Les feuilles !*

[…]

Comme elles tombent bien !

Dans ce trajet si court de la branche à la terre,

Comme elles savent mettre une beauté dernière,

Et malgré leur terreur de pourrir sur le sol,

Veulent que cette chute ait la grâce d'un vol[1] *!* Croyez-vous que je saurais mourir avec grâce, Cyrano ? demanda-t-elle à mi-voix.

Seul le silence lui répondit.

Haussant les épaules, elle se détourna et s'éloigna lentement du jardin sauvage. L'aube était proche,

1. Edmond Rostand, *op. cit.*, acte V, scène 5.

quand elle s'engagea sur la route des Pics, maintenant familière. Il était temps de chercher un refuge. Tirant de sa besace une chandelle et son briquet d'amadou, elle pénétra dans un hall sombre et s'arrêta, le temps de l'allumer. Une lumière diffuse éclaira faiblement les parois humides, chassant les cloportes et les rats. La jeune fille parvint rapidement à une courette envahie de broussailles et de mousses. De l'autre côté, un bâtiment éventré. Elle s'en approcha, aperçut les restes d'un escalier en colimaçon, une grosse poutre.

Entendit un feulement sourd, tout proche. Instinctivement, se jeta sur le côté.

12

La bête la manqua de peu, éraflant sa veste de peau, protection dérisoire face à ses griffes acérées. Son corps massif était d'un noir d'encre, ses yeux brillaient d'un éclat phosphorescent.

« Je la croise pour la seconde fois… Dire que certains la traquent vainement toute leur existence… »

La chandelle avait roulé par terre. Il y eut un dernier crépitement, puis elle s'éteignit. L'animal se ramassa sur lui-même. Sa queue fouettait l'air, un grondement enflait dans sa gorge.

Rester calme. Reculer lentement, hors de portée.

Choc soudain. Raclement du mur contre son dos. Cléo sentit les battements de son cœur s'accélérer. Un frisson glacé remonta le long de son échine. Elle était acculée. Son adversaire avançait, menaçant, entre les décombres. Ses muscles roulaient sous sa fourrure épaisse et ses babines retroussées dénudaient de longs crocs blancs.

Lentement, elle tira son poignard du fourreau. La lame crissa contre le cuir. Le manche d'os, dans sa paume moite, pulsait – mais ce n'était que le rythme affolé du sang dans ses veines, écho de ses dents qui claquaient, de ses membres qui tremblaient. Impossible d'endiguer la panique qui s'emparait d'elle, contrôlait son corps, le transformait en marionnette de chiffon, incapable de se mouvoir, d'attaquer ou de fuir.

Face à elle, le félin se préparait à bondir.

Elle ne bougeait pas. Le regardait fixement, paralysée par la peur, hypnotisée par sa force et sa beauté. Songea qu'elle avait peut-être survécu aux Dégénérés et à Ceux-d'en-dessous pour être tuée par ce fauve. La mort pour Cyrano avait le visage de la lune. Pour elle, ce serait celui d'une légende.

« Il y a pire, j'imagine. Mais Cyrano est mort dans les bras de Roxane, et moi… »

Elle abaissa son bras, vaincue. Son arme glissa, rebondit sur le sol avec un tintement froid.

« … Moi, je n'ai même pas d'épitaphe. »

Pas d'épitaphe ni de réconfort. Des ruines sordides en guise de tombeau et des cafards pour témoin. Personne pour veiller sur ses derniers instants, personne pour la regretter. Alors, s'affaissant sur elle-même, elle éclata en sanglots.

Elle pleura longtemps, recroquevillée contre la pierre gluante. Sombra sans même avoir conscience qu'un miracle s'était produit : la grande panthère noire lui avait laissé la vie.

Cléo s'éveilla en milieu d'après-midi, trempée et glacée jusqu'aux os. Son sommeil avait été agité, peuplé de songes inquiétants. Elle avait rêvé d'un fauve, noir comme la nuit, qui la guidait vers le cœur d'un labyrinthe. Elle se savait en danger, mais ne pouvait s'empêcher de suivre l'énorme prédateur. Sur son chemin, elle croisait des silhouettes effroyables qui l'agrippaient de leurs longs doigts crochus, laissant sur ses bras de profondes griffures. Elle avait également vu une cité embrasée sous un ciel de désastre. Elle courait au hasard des rues en flammes, cherchant désespérément quelque chose – ou quelqu'un. Soudain, le sol s'ouvrait sous ses pas, l'entraînant malgré l'être invisible essayant de la retenir vers les abysses.

La jeune fille se frotta les yeux, tremblante, surprise d'être encore en vie. Avait-elle inventé le mythique félin ? Un coup d'œil à son poignard gisant dans une flaque brune, et à sa chandelle d'os brisée, un peu plus loin, suffit à confirmer qu'elle n'avait pas imaginé leur rencontre.

« Il aurait pu… Au lieu de cela… Pourquoi m'a-t-il épargnée ? »

Peut-être s'était-il rappelé leur premier face-à-face ? Peut-être s'était-il souvenu qu'elle était alors armée d'une javeline et n'avait pas essayé de le tuer ?

En quête de nourriture, elle fouilla dans son sac. Mais celui-ci avait passé la nuit dans l'eau : la galette s'était transformée en bouillie, la viande séchée avait pris une teinte grise, peu engageante. Elle n'avait pas assez faim pour se risquer à manger, aussi, après avoir vidé et nettoyé le contenu de sa besace, se remit-elle en route.

Cléo allait prudemment : elle n'avait aucune envie de croiser une troisième fois l'animal et, parce qu'il faisait encore jour malgré le ciel plombé et la pluie, elle craignait d'être repérée par une patrouille. Elle approchait des Pics, fief des anciens esclaves, et préférait les éviter. L'enfilade d'immeubles éventrés grouillant de blattes et de cours à l'abandon baignait dans une fange saumâtre. Des graffitis moribonds recouvraient certains murs. La carcasse d'un chien, écrasé sous un énorme bloc de béton, achevait de se décomposer. Seuls quelques lambeaux de chairs violacées étaient accrochés au squelette. Des insectes noirâtres se pressaient dans ses orbites.

Cléo avisa sa mâchoire : elle semblait propre et les crocs, intacts.

« Ça pourra toujours être utile. »

Surmontant sa répugnance, elle s'en saisit et tira. L'os se détacha avec un craquement sec. Sous le choc, la vermine se répandit dans la boue. Un cloporte tomba sur sa manche ; elle le chassa avec une grimace et quitta les décombres. Rapidement, elle parvint en vue de la petite place signalant le territoire des anciens esclaves. En son centre, l'arbre aux racines tortueuses se couvrait de discrets bourgeons. De nouveaux crânes étaient attachés aux chaînes entourant l'énorme tronc : humains, échevelés, c'était probablement ceux de Dégénérés tués par les guerriers des Chaînes brisées.

« Impossible de me risquer à découvert pour le moment. Je dois attendre le crépuscule. »

Retournant dans les cours, Cléo se fraya un chemin parmi les broussailles et les ronces, les poutrelles rouillées et les agrégats de pierre et de poussière.

Elle trouva refuge à l'étage d'une bâtisse, dans une espèce de débarras où étaient entassées, pêle-mêle, des poupées de taille humaine, privées de tête, dont les corps autrefois blancs étaient souillés de toiles d'araignées, de coulures brunes et de poussière. Se demandant d'abord pourquoi nul ne les avait emportées pour décorer un lieu, pour les utiliser comme mannequins d'entraînement au combat, elle ressentit vite une impression de malaise, comme s'il ne s'agissait pas de reliquats datant d'avant le Cataclysme, mais de véritables dépouilles étêtées, conservées ici par quelque procédé inconnu. Elle se tassa dans le coin le plus reculé de la pièce exiguë, s'efforça de se détendre. En vain. Les mannequins attiraient son regard et lui rappelaient la cave du Passage, avec ses étagères contenant, bien alignés, les urnes funéraires et les crânes des membres du clan décédés. Elle y avait cherché les cendres de sa mère, ne les avait pas trouvées.

« Qu'ont-ils fait des restes ? Les ont-ils laissés pourrir dans cet entrepôt ? Les ont-ils jetés dans le fleuve ? »

Cette dernière perspective était plus supportable : elle signifiait qu'au moins nul n'avait récupéré leurs ossements pour les transformer en armes ou en outils.

Les heures s'égrenaient, interminables et sinistres. Cléo avait froid : ses vêtements collaient à sa peau et le cuir moite de sa veste formait autour d'elle une gangue cartonneuse dont elle n'avait pas le courage de s'extirper.

« Courageuse, moi ? Tu parles ! Plutôt lâche. Égoïste. Et complètement idiote. Mais qu'aurais-je pu faire d'autre ? L'ignorer ? Impossible. Dès qu'il est là, le reste est sans importance... J'aurais dû lui parler, lui dire ce que je ressens... À quoi bon ? Je me suis déjà jetée à sa tête, et tout ce que ça a donné, c'est ce baiser vite regretté... Peut-être aurais-je dû insister ? C'est ça ! Et j'aurais tout raté, tout perdu – mes derniers rêves, ma dignité.

Son raisonnement ne suffit pas, cependant, à la débarrasser de sa culpabilité et de ses regrets.

Enfin, le crépuscule envahit son refuge. Engourdie, elle se releva péniblement, chancela. Porta machinalement la main à son front. Il était glacé.

Haussant les épaules, elle vérifia son maigre équipement et se mit en route. La pluie avait cessé, balayée par un vent sec, chargé de scories. Les abords de l'arbre étaient déserts. Plus loin, les Pics, masse noire aux arêtes irrégulières, étaient éclairés par des flambeaux rougeoyants. Ils généraient une fumée grasse qui s'amoncelait au-dessus des crêtes, chape noire et opaque. Des patrouilles, éclairées par des torches grossières, inspectaient les alentours.

Il lui fallut près de trois heures pour contourner la gigantesque faille née du Cataclysme et des terribles ouragans qui s'étaient déchaînés, des décennies durant, sur l'ancien monde. Évitant les avenues dégagées, Cléo s'engouffra dans une voie étroite et craquelée, aux pavés déchaussés. Partout, des ornières, des pierres, et une boue épaisse et nauséabonde, comme si la puanteur des sous-sols profitait de chaque crevasse pour répandre à la surface ses remugles de charogne et d'excréments. De part et d'autre du chemin, des bâtiments éclatés en masses irrégulières, semblables à des chicots, dont s'échappaient bruissements et couinements, indices d'une vie prospère dans le secret des ruines.

Au loin, des jappements de douleur et les piaillements hystériques d'une meute de singes.

« Manquait plus que ça. »

Cléo buta contre les soubassements d'une colonne tombée en travers de la route. Faillit perdre l'équilibre. Retint, de justesse, un juron et continua d'avancer.

Sifflements soudains. Grognements. Elle s'arrêta aussitôt, main crispée sur le manche de son couteau de chasse. Les bruits – mastication, infâmes craquements – provenaient d'une masse broussailleuse, sur sa gauche. Ronces et épais buissons avaient poussé sur les ruines d'une vaste construction, dont il ne restait que quelques piliers. À demi cachée par un monticule envahi de broussailles, une silhouette blafarde, vaguement arachnoïde, se repaissait d'une proie.

C'était l'un d'eux. L'un des Ceux-d'en-dessous. S'il la repérait…

Cléo voulut reculer mais, dans sa panique, buta contre un monceau de gravats. Ils s'éparpillèrent autour d'elle avec fracas. Dérangée, la chose se tourna lentement dans sa direction. La jeune fille demeura un instant interdite puis commença à courir.

Stridulation rageuse. Cavalcade précipitée.

Abandonnant son festin, le monstre se lança à sa poursuite.

Cléo fonçait. Le sang battait à ses tempes, son cœur cognait à tout rompre. Derrière elle, un cliquetis de griffes. Elle traversa un carrefour, à peine ralentie par le terrain bourbeux et accidenté, déboula dans une autre rue, plus familière cette fois puisqu'elle menait droit sur le territoire du Passage – et les vit. Six énormes singes au poil rare, aux mufles déformés et squameux, aux crocs proéminents, achevaient de dépecer des chiens. Trop occupés à se disputer les meilleures parts des carcasses, ils ne l'avaient pas encore entendue.

« C'est ma seule chance ! »

Accélérant l'allure, la jeune fille chargea au milieu d'eux. Les bêtes, surprises et furieuses, tentèrent de l'arrêter. L'une d'elles s'agrippa à son dos, la renversa. Des canines démesurément longues s'enfoncèrent dans le creux de son cou, à peine protégé par le col de sa veste. Cléo se rétablit tant bien que mal, accroupie. Se jeta en arrière, heurtant violemment le pavé. Cela ne suffit pas. Il restait accroché, ses dents s'enfonçaient de plus en plus profondément, perçant peu à peu le cuir, entaillant presque sa peau. Elle le cogna une fois encore contre la pierre dure. En vain. Alors, agrippant sa tête poisseuse et grasse, elle chercha à tâtons une oreille. Tira. Glapissant de douleur, son adversaire ouvrit largement la gueule. Se retournant, Cléo le saisit à la gorge et tira son couteau de chasse. La lame s'enfonça jusqu'à la garde dans son œil, le tuant sur le coup.

Elle se releva aussitôt. Autour d'elle, c'était le chaos. Les magots s'étaient jetés sur la chose en hurlant. Celle-ci se débattait, secouant en tous sens son corps chitineux.

Cléo reprit sa course. Poursuivit sur une centaine de mètres encore avant de s'arrêter, à bout de souffle. Elle était sauve, mais le chaos attirerait sans doute les arpenteurs du Passage. Elle ne voulait pas avoir affaire à eux.

Elle marcha quelque temps encore, reconnaissant dans le clair de lune les façades décrépies couvertes de vieilles affiches patinées et de graffitis, les restes d'une boîte métallique où se devinait encore un peu de peinture jaune, un long panneau rectangulaire, à peine lisible dans la pénombre : « TAX... H... ONE. » Entendit des voix.

Affolée, elle regarda autour d'elle. Se cacher. Vite, avant d'être découverte. Avisant un goulet, de l'autre côté de la rue, elle s'y engouffra. À l'intérieur, tout était noir. Serrant fermement son poignard, elle avança. Crissement de dizaines de pattes sur le sol. Couinements. Des rats. Inoffensifs, seuls ou en petits groupes, mortels dès qu'ils étaient plus nombreux.

« Si je continue, je me fais mettre en pièces. Il n'y a plus qu'à espérer que personne ne me verra. »

Les arpenteurs se rapprochaient. La lumière jaune d'une lanterne accompagnait leurs pas. Cléo reconnut rapidement la silhouette de Rag, mit plus longtemps à identifier celui qui l'accompagnait, un individu à la tête rase, entièrement scarifiée. Laye, guerrier rescapé des Rejetons de Lazarus, clan décimé par des cannibales. Rag avait l'ouïe fine et ses yeux perçants étaient attentifs au moindre détail. Quant à Laye... Cléo se rappela les propos méprisants entendus à son sujet. « Laye le chien. » « Laye l'imbécile. » Plus lourd, et probablement tout aussi dangereux. Retenant son souffle, elle se plaqua contre une cloison. Les hommes passèrent rapidement devant elle : seules les clameurs perçues un peu plus tôt les préoccupaient.

Cléo attendit quelques minutes, cependant, pour sortir de sa cachette de fortune. Elle se glissa dans l'obscurité, longeant les immeubles pelés, cherchant dans sa mémoire la meilleure manière d'atteindre le

Passage sans être repérée. Parvenue à un carrefour, elle s'arrêta, sens en alerte. Impression d'être observée. Peut-être suivie. Elle recula contre un mur, s'accroupit. Observa alentour. Écouta, attentive au moindre bruit. Rien. Pas un signe. Les rues étaient désertes.

Et pourtant…

Battement d'ailes, juste dans son dos. Elle voulut se retourner, n'en eut pas le temps. Fut emportée, en quelques secondes, dans les airs.

Deuxième interlude

'Lona
Nid des Chimères d'Itzan

Une fois encore, les noms de Cléo, Lyn et Axel sont sur toutes les lèvres. On tremble pour la jeune Mens, on avance des hypothèses, on hait le clan du Passage, on espère malgré tout que la mort de Jaz et de sa bien-aimée sera vengée. On remarque aussi des similitudes entre les deux héroïnes et Ximena, entre Itzan et l'ombrageux Axel. Ramon, le vieil homme à la peau blême et aux oreilles de chauve-souris, est ravi de sa ressemblance avec Bel. Il ne cesse de glousser en se remémorant les interventions de l'albinos : grâce à ses indications, les jumelles ont déchiffré l'énigme du serpent ailé. Seuls Amalia et Ciril ne partagent pas l'enthousiasme de leurs pairs. Assis à l'écart des autres, près d'une statue de femme sans visage, ils discutent à voix basse, jetant de fréquents coups d'œil vers la forêt de colonnes où, durant tout le jour, je me suis reposée. Hier, Itzan m'a alloué une alcôve, coque de pierre à demi éventrée dans laquelle sont disposées toiles et couvertures. À présent, il me traite en invitée, non plus en ennemie. Bien sûr, je demeure captive, mais il a compris que je ne fuirai pas. A-t-il également deviné que cela m'est interdit ? Tant que je n'aurai pas terminé les récits promis à Mia et Assan, je serai prisonnière ici. Entre-temps, Amalia tentera de me faire le plus de mal possible.

Cela m'inquiète. Je n'ai peur ni d'elle ni de ses pouvoirs, mais je crains mes propres réflexes, mon instinct. J'ai tellement pris l'habitude de chercher les failles des autres que je n'en ai même plus conscience. Amalia se nourrit de lumière. Sans cette manne, sa puissance diminue. Et quand elle se baigne dans les rayons du soleil, elle est un peu ivre. Ses mouvements ralentissent, son attention faiblit. Il me suffirait d'attendre le bon moment pour frapper. Et même sans cela…

Mal à l'aise avec ces pensées, je me dirige vers la stalagmite qui, hier encore, me tenait lieu de geôle. Envie d'être seule, loin de tout. Soudain, je sens une présence dans mon dos. Une main griffue sur mon épaule. Itzan. Imperceptiblement, je me détends, relâche mes muscles bandés pour frapper.

— Deux mots, Ximena, murmure-t-il.

Je me retourne. Sursaute. Nous sommes face à face, presque nez à nez.

— Ce don, d'où vient-il ?

Son haleine est piquante, son parfum, chaud et épicé. Dans ses iris verts dansent des paillettes jaune pâle, hypnotiques. Mes paumes sont moites, mon souffle court. Je recule d'un pas. Heurte un mur.

— Alors ? Tu ne veux pas répondre ? Très bien. Autre question : tes histoires sont-elles vraies ?

Je frissonne – et ce n'est pas à cause de la menace sourde couvant dans sa voix.

— Pas toujours, dis-je, incapable de détourner mon regard. Celle que je terminerai ce soir l'est. La suivante, également.

— La suivante ?

— Assan et Mia ne te l'ont pas dit ? Je leur en ai promis une autre.

Itzan s'apprête à dire quelque chose, il n'en a pas le temps.

Ciril et un autre homme-chien s'approchent, demandent à lui parler.

Ils s'éloignent, me laissent en proie à un étrange malaise. Est-ce parce qu'ils ont surgi dans son dos, silencieux comme la mort ? Est-ce parce que j'ai cru, l'espace d'un instant, qu'ils voulaient l'attaquer ?

La nuit venue, quand je remarque leur absence, quand je comprends qu'ils sont partis malgré la tempête de sable, malgré les rafales cinglantes et les rouleaux brûlants, je sens mon trouble croître. Cette fois, Amalia n'a pas besoin de me frapper pour perturber le cours de mon récit. Je suis tellement troublée qu'il me faut plusieurs essais avant que le dragon d'encre noir et bleu prenne son envol et dessine le dôme éventré d'une tour, où deux formes se font face…

13

Ce parfum de cuir et de fumée. Cette étreinte… Un mirage. La morsure du singe ou la fièvre, certainement.

Et soudain, le froid. Le choc contre la pierre dure et renflée. La réalité. Une salle ronde, au plancher recouvert de poussière d'ardoise et de débris. Un toit déchiqueté laissant passer la lune.

Face à elle, Axel, silhouette d'encre se découpant dans l'obscurité.

— Qu'est-ce… Qu'est-ce que tu fais là ? bredouilla Cléo.

L'ailé s'approcha. Le vent soulevait les rémiges de sa chevelure. Les plumes de ses ailes frissonnaient. Une lumière opaline baignait son visage, et des paillettes saphir dansaient au fond de ses yeux.

— Je suis venu te chercher. Lyn a découvert ta lettre, et comme elle ne peut pas voler…

— Oh.

Évidemment. Il ne pouvait être ici de son propre chef. Comment avait-elle pu être assez naïve pour imaginer le contraire, fût-ce un instant ? Naïve et faible, oui ! Parce que sa seule présence ranimait en elle le rêve stupide et vain d'un amour partagé.

« Pour lui, je ne suis qu'une Norm, pas même de sang pur. »

Croisant les bras sur la poitrine, Cléo détourna la tête pour échapper à l'emprise de son regard, dissimuler son trouble, sa détresse. Et son désir. Ce venin insidieux empoisonnait ses veines, infectait son esprit, s'enroulait, pareil à un serpent, autour de son cœur et le broyait, l'écrasant un peu plus à chaque parole échangée, à chaque souffle. Loin d'Axel, la jeune fille respirait un peu mieux. Le mal demeurait, mais il devenait presque inoffensif, enfoui sous des problèmes immédiats : survivre, être discrète, trouver un chemin sûr pour se rendre au Passage. Un adieu à sa sœur, l'aube d'une nouvelle vie…

Le temps aurait fini par la soigner, laissant une simple balafre à la place de sa blessure.

Mais Axel était revenu.

La plaie, encore à vif, recommençait à saigner.

« S'il fait encore un pas, je ne pourrai pas lutter. La simple idée d'être dans ses bras, de sentir sa chaleur, son odeur… Et après ? Après, rien ! Tout sera comme avant. Il ne me verra pas, ne m'adressera pas la parole, sauf par nécessité. »

Cléo sentit sa mâchoire se crisper. Une étincelle naissait en elle. Une étincelle minuscule et chétive, pourtant prête à s'intensifier si elle l'alimentait. Une étincelle capable de lui donner des armes pour se défendre et lutter contre ce désir qui la laissait sans force : la colère.

— Lyn est inquiète. Et…

— Elle t'a demandé de me retrouver, termina sèchement Cléo. J'avais compris, Axel. Pas la peine de répéter.

— Ce n'est pas…

— Bien sûr ! Comme tu dois me surveiller, tu t'es senti obligé de bouger, c'est ça ? Dommage. Tu avais certainement mieux à faire de ta nuit.

— Écoute, l'aube est proche et on est sur le territoire de ton clan. Je n'ai aucune envie de m'éterniser dans les parages.

— Je ne te retiens pas.

— Ça suffit, Cléo !

— Ça suffit ? répéta Cléo d'une voix étranglée. Mais tu crois t'adresser à qui ? Une gamine ? Une attardée ? Ah, j'oubliais : je ne suis qu'une Norm…

La violence, plutôt que la douleur. La haine, plutôt que l'humiliation.

— Tu sais quoi ? feula-t-elle, se campant devant lui poings serrés, prête à frapper. Toi et les tiens, vous ne valez pas mieux que nous. Non : en fait, vous êtes pires. Vous vous la jouez tolérants, tout ça, mais c'est de la merde ! C'est de la merde, parce qu'en vérité vous n'êtes qu'arrogance et mépris. Ça fait du bien de se dire qu'on a recueilli la petite bâtarde, hein ? Ça vous donne l'impression d'être au-dessus de la masse ? Et puis, si la petite bâtarde n'est pas contente, c'est que c'est une ingrate, ce n'est pas votre faute. Ce n'est pas comme si vous la traitiez à peine mieux qu'un chien !

— Arrête !

— Ben, tu vois, la petite bâtarde, elle vous emmerde ! Elle n'a pas besoin de vous, la petite bâtarde ! Elle n'a pas besoin de toi…

— Tais-toi ! gronda Axel, saisissant brutalement son bras.

Cléo essaya de se dégager. Se figea soudain.

Des voix, au pied de la tour. Rag et Laye. Les avaient-ils entendus ? Face à elle, la Chimère retenait son souffle, immobile comme une statue.

— … pas le coup de monter, j'crois. On a déjà ces carcasses sur les bras, pas la peine d'en rajouter.

Timbre rocailleux et lent. Laye, sans hésiter.

— C'est peut-être des Dégénérés.

— À mon avis, ils nous auraient déjà sauté dessus. D'ailleurs, ceux du coin sont tous morts, non ?

— T'as probablement raison, Laye, mais je préfère vérifier. En plus, si c'est pas des cannibales, c'est possible qu'on ait affaire à des Ashes. Ces saloperies, c'est comme les cafards. T'as beau essayer de t'en débarrasser, rien à faire, ils reviennent toujours.

Axel lui lança un regard aigu, la libéra et recula sans un bruit.

— Pas faux. C'est là-dedans que tu veux aller ? Ben alors, je passe devant. On ne sait jamais, je pourrai peut-être me farcir deux ou trois poilus !

Grincements du bois pourri, craquements de pas pénétrant dans l'édifice. Cléo connaissait bien cette technique : en ne faisant aucun effort pour être discrets, les deux guerriers espéraient pousser leur proie à les sous-estimer ou, se sentant acculée, à commettre une erreur fatale.

— … toujours trouvé que c'était les pires, ceux-là. Je suis sûr qu'ils sont du genre à vivre en colonies, tu sais, comme les rats.

— Ou comme Ceux-d'en-dessous. Attention, Laye… Un trou.

— Merci. Je l'avais pas vu… On grimpe ?

— D'accord…

Cléo déglutit. À l'extrémité de la pièce, une bouche d'ombre, porte ouverte sur leur piètre refuge.

— Et pour toi, Rag, c'est qui les pires ?

— Les emplumés.

Blême, Cléo se tourna vers l'ailé. Axel se tenait au bord du toit, prêt à s'envoler, et le vent soufflait dans ses longues plumes de nuit. Il plongea les yeux dans les siens. Tendit, lentement, la main vers elle. La jeune fille se mordit les lèvres. Elle avait le choix. Rester, en dépit des risques et de la trahison de son clan. Ne plus jamais le revoir.

Ou partir avec lui.

Ils volaient.

Les mains d'Axel la maintenaient fermement. Sous ses vêtements, Cléo les ressentait avec l'intensité d'une brûlure. Comme une brûlure également, son torse plaqué contre le sien, ses jambes enroulées autour de sa taille, son cœur cognant beaucoup trop vite. La tête nichée dans le creux de son épaule, les paupières closes, elle osait à peine respirer : peur de trahir son trouble, peur de dissiper l'enchantement qui rendait possibles ces précieux instants. Jamais encore la jeune fille ne s'était sentie à ce point consciente d'elle-même ; à fleur de peau et à fleur de chair, à vif comme sous l'effet d'une fièvre. Même ses os lui paraissaient mis à nu. Son corps entier lui échappait, trahissait son désir et ses sentiments.

« Et tant pis s'il devine. Je veux rester dans ses bras, je ne veux pas que cela s'arrête. Jamais. »

Et pourtant…

Deux battements d'ailes.

Axel piquait vers les toits. Presque malgré elle, Cléo ouvrit les yeux sur les premières lueurs de l'aurore. Le ciel anthracite se teintait à l'horizon de stries glauques et orangées.

Il se posa en douceur au sommet d'une bâtisse sculptée de bas-reliefs baroques, entre les deux colonnes massives encadrant un encorbellement bombé. Ici se devinaient encore, sous la patine du temps et de l'érosion, des arabesques fleuries et des bustes de femmes. Cléo se laissa glisser à terre. Mais ses bras restaient noués autour de son cou ; lui ne relâcha pas immédiatement son étreinte. Ils demeurèrent quelques secondes ainsi, immobiles, protégés du monde par une bulle invisible et néanmoins tangible, tiède et douce à la fois. Puis elle leva la tête vers lui. Ils s'éloignèrent légèrement l'un de l'autre.

« Il ne me repousse pas, s'aperçut soudain Cléo. Il me regarde, mais je ne lis aucune hostilité dans ses yeux. J'ai au contraire l'impression… »

— On devrait se mettre à l'abri, murmura Axel, interrompant ses réflexions. Le soleil se lève et je ne sais pas trop où nous sommes… J'ai peur qu'on se fasse repérer par des … Mens… ou par des Chimères, d'ailleurs.

Elle acquiesça d'un signe de tête, les lèvres sèches et les genoux tremblants. Se détacha de lui. Enjamba le muret de pierres conduisant dans l'édifice. Partout, des morceaux de plâtre, des poutres sales et moisies. Au milieu, un effondrement découvrant l'étage inférieur où pénétrait déjà un peu de lumière. La jeune fille s'accroupit au bord de la déchirure.

— Qu'en dis-tu ?

— Ça me semble désert.

Elle s'assit, prête à descendre à la force de ses muscles. Il la retint.

— J'ai des ailes…

Sans attendre, il la prit dans ses bras et l'emporta. Cela dura à peine un instant, mais ce fut suffisant. Cléo se sentit de nouveau chavirer. Absence de repères, absence de contrôle. Émotions contradictoires, de plus en plus difficiles à masquer. Et, de nouveau, le retour à la réalité. Le froid – il s'écartait d'elle. L'angoisse – plus jamais il ne la tiendrait ainsi. La douleur – désirer ses baisers, ses caresses, son corps entier sans pouvoir l'atteindre.

Vite. Retomber sur ses pieds avant de perdre pied, de se jeter à sa tête et de tout gâcher.

— On essaie de trouver un endroit plus discret ?

— Ça marche, dit-il, lui emboîtant le pas.

Essayant d'ignorer sa présence, le poids de son regard dans son dos, Cléo saisit son couteau de chasse et traversa la grande salle envahie de décombres. L'un des battants de la porte était encore accroché à l'embrasure. Sur le bois massif, craquelé, des traces de vernis. À la place de la poignée, un orifice noir et visqueux. Ils arrivèrent dans un couloir, faiblement éclairé par les trouées qui, çà et là, laissaient filtrer un peu de lumière. Allèrent à son extrémité, ignorant plusieurs pièces ravagées, dont certaines débouchaient directement sur le vide. Passèrent un autre seuil. Escaliers en ruine, marches pourries, cage métallique et rouillée donnant sur le vide, et au-dessus d'elle, pendant du plafond, quelques câbles dont il ne restait que de lamentables moignons. De l'autre côté, un second couloir. Prudente, la jeune fille s'engagea pas à pas sur le palier dévasté. Le plancher grinçait : il y eut plusieurs craquements, mais il tint bon.

Cléo et Axel trouvèrent rapidement ce qu'ils cherchaient : un abri sous la toiture en pente, percé d'une fenêtre étroite, partiellement camouflée par une saillie. Il y avait encore quelques meubles éventrés constellés de taches et de toiles d'araignées. Sur une espèce de panneau, des images jaunies, gluantes de moisissures. Dans un coin, plusieurs livres disparaissant sous une épaisse couche de poussière.

Curieuse, Cléo s'approcha et fouilla, en quête d'un chiffon. Trouva un vieux morceau de tissu rosâtre, roulé en boule sous les restes d'une commode. Réussit, avec d'infinies précautions, à nettoyer grossièrement certains volumes. Sur la première couverture, une figure féminine dont on distinguait à peine les contours.

— La Princesse… de… Clèves, marmonna la jeune fille, sourcils froncés.

Elle voulut lire le début, mais l'intérieur, illisible, s'effrita quasiment sous ses doigts. En découvrant le titre du deuxième ouvrage, elle ne put retenir un sursaut. Celui-ci lui échappa des mains, s'ouvrit en deux. Une page s'envola, retomba doucement sur le sol. Axel s'approcha, s'agenouilla après du feuillet. Tenta de déchiffrer les mots altérés par le temps, la crasse et l'humidité.

— *Mon mal vient de plus loin. À peine au fils*… d'É… Épée ?

Sous les … je n'arrive pas à lire… *je m'étais engagée,*
Mon repos, mon bonheur semblait être affermi ;

Là non plus … *mon superbe…*

— *Ennemi*, poursuivit Cléo d'un ton si bas qu'il était à peine audible.

Je le vis, je rougis, je pâlis à sa vue;
Un trouble s'éleva en mon âme éperdue;
Mes yeux ne voyaient plus, je ne pouvais parler;
Je sentis tout mon corps et transir et brûler[1].

Elle s'interrompit brutalement, baissa la tête. Des mèches fauves voilèrent ses joues empourprées.

« Pourquoi pas lui dire je t'aime, pendant que j'y suis ? »

— Une autre pièce que tu connais par cœur ? demanda doucement Axel.

— *Phèdre*… Une histoire d'amour et de… de malédiction… qui se termine très mal.

— J'ai l'impression que ce que tu lis se termine rarement bien. Déjà, dans les marais…

— *Le Cid* n'est pas si tragique. Celle-ci, en revanche…

— Et ce *Cyrano* dont tu m'as dit un passage, un soir ?

— La fin est belle.

— Tu me le prêteras, quand on sera de retour au Nid ?

Quand on sera de retour au Nid.

Cléo se mordit les lèvres.

Retournerait-elle à la Tour de l'Horloge avec lui ? Parviendrait-elle à vivre parmi ces Chimères qui la considéraient, au mieux, comme une étrangère ou un pion utile dans un jeu de pouvoir ? Pourrait-elle

1. Jean Racine, *op. cit.*, acte I, scène 3.

demeurer là-bas si Axel n'éprouvait rien pour elle ? Il y avait Lyn, bien sûr. Kio semblait l'apprécier, Senli également. Mais cela suffirait-il ?

« Ça ne peut pas continuer comme ça. Si je le suis, je dois savoir… Il ne peut pas souffler le chaud et le froid ainsi. »

Elle se frotta ses bras, soudain glacée.

— Je dois d'abord voir Tania. Lui dire au revoir. Et puis, ajouta-t-elle, je ne sais pas si je vais rentrer avec toi.

Rassemblant son courage, la jeune fille leva les yeux vers lui. Axel la dévisageait, soucieux et surpris. Peut-être mal à l'aise, aussi. Se doutait-il de ses intentions ? Évoquer leurs relations, le baiser échangé au retour des marais, connaître ses sentiments pour elle ?

« Et moi, est-ce que j'ai envie de savoir ? La dernière fois que j'ai insisté… » Elle avait appris que ses parents avaient été massacrés par ceux qui l'avaient élevée et que son existence n'était que mensonges. Elle soupira. Passa le pouce sur son poignet. *L'œil qui regarde bien* de Cyrano lui donnerait-il à nouveau le cran de regarder la vérité en face et de l'affronter, quelle qu'en soit l'issue ? Impression fugitive de sentir l'encre du tatouage se répandre dans ses veines, lui insuffler la force dont elle manquait.

— Lyn tient à toi, et…

— J'aime Lyn, et je ne serai probablement jamais heureuse sans elle, coupa Cléo. Mais je ne peux pas…

— Tu crois que les nôtres te méprisent, te considèrent à peine mieux qu'un animal, mais tu te trompes, dit Axel. Avoir sauvé Lyn et survécu à tout ça… Je connais peu de personnes, Mens, Chimères, Mutants, qui aient ton cran. Et je suis certain qu'ils pensent comme moi. Ils ont seulement besoin de temps.

— Et toi ?

Axel tapota, du bout des doigts, le feuillet égaré.

— *D'un incurable amour remèdes impuissants !* lut-il. *Je l'évitais partout. Ô comble de misère ! / Mes yeux le retrouvaient dans les traits*… La suite est illisible. Mais ces mots me paraissent assez… justes.

— Justes ? répéta la jeune fille d'une voix sourde.

Battements de cœur désordonnés. Bourdonnements du sang à ses tempes. Souffle court. Se pouvait-il… ? Venait-il de dire… ?

— Cléo ? Ça va ?

Sa main dans la sienne, cette pression… Sa tête tournait. Elle se sentait fiévreuse, bouleversée.

— Je crois… Je crois que j'ai besoin de me reposer.

— Nous pouvons parler plus tard, si tu préfères. Tu veux venir contre moi ? Je te servirai d'oreiller…

Elle acquiesça d'un signe de tête, se laissa aller dans ses bras. Ferma les yeux. Les rouvrit.

— Axel, tu veux bien me raconter la suite ? soufflat-elle. Tu sais, l'histoire de la princesse Bouton d'or et de son valet Westley ?

— Comme vous voudrez…

14

Cléo s'était endormie dans les bras de la Chimère. L'épuisement, l'émotion avaient eu raison d'elle, l'empêchant de connaître la suite des aventures de Westley, devenu un terrible pirate et un duelliste implacable, de ses compagnons et de la jolie Bouton d'or. Elle s'était éveillée en sursaut avant Axel : un cauchemar l'avait arrachée au sommeil. Les flammes d'un bûcher. Les membres de son ancien clan, assemblée indistincte de poupées inexpressives alignées en une parodie de funérailles. Dans le ciel nocturne, un serpent ailé hurlant d'impuissante rage et, au cœur du brasier, deux silhouettes enlacées : l'une, humaine, l'autre, les ailes brisées. Était-ce un avertissement ? La peur que l'histoire se répète ?

Blottie contre lui, elle avait attendu qu'il ouvre les yeux, contemplant le visage marmoréen aux cils de plumes, noirs et soyeux, à la bouche généreuse et ferme, de celui qu'elle aimait.

Comme vous voudrez.

Un aveu auquel la jeune fille avait peine à croire.

Ils n'avaient pas beaucoup parlé, après son réveil. Comme s'ils craignaient, en rompant le silence, de détruire la fragile magie qui les enivrait de la présence de l'autre, d'abandonner à la réalité un rêve qui venait à peine d'éclore. Ils avaient grignoté des galettes d'herbes, lamelles sans goût, verdâtres et sèches. Ensuite, seulement, ils avaient discuté : Axel ne voulait pas qu'elle aille, sans escorte, au Passage. D'abord, parce que Lyn lui avait demandé de la protéger, ensuite parce que voler leur permettrait d'aller beaucoup plus vite en cas de danger. De plus, Cléo avait déjà été trahie par l'un des siens. Elle refusait de penser que cela pouvait être Tania, mais l'ailé se méfiait.

Des nuées gris et bleu s'étiraient dans le ciel, lorsqu'ils grimpèrent sur le toit de l'immeuble en ruine. Dans l'obscurité, les figures sculptées dans la pierre se paraient d'ombres inquiétantes. Cléo eut, un bref moment, l'impression qu'elles s'animaient, comme les gargouilles de la grande cathédrale de l'Ile située au milieu du fleuve. Mal à l'aise, elle détourna les yeux.

— Prête ? demanda Axel, déployant ses ailes couleur de nuit.

— Prête.

Il lui tendit la main. Cette fois, elle la prit sans hésiter. Doigts entrelacés, peau à peau bouleversant que tous deux parvinrent à ignorer.

Ils s'élevèrent au-dessus de la ville. D'en haut, les bâtiments paraissaient minuscules, formes indéfinies noyées dans d'épaisses ténèbres d'où surgissaient, parfois, les lueurs rougeoyantes et malsaines. L'expérience fut brève, trop au goût de Cléo. Le vertige venait de disparaître, et la jeune fille commençait juste à ressentir pleinement, dans les bras d'Axel, l'extraordinaire sensation de légèreté et d'ivresse du vol. Ils atterrirent sur un plateau à ciel ouvert, dernier étage d'une ruine de béton, de tôle, et de poteaux de métal rouillé. Un édifice qu'elle reconnut aussitôt : leur première rencontre avait eu lieu ici, au milieu de la poussière, des cendres et des gravats. Elle se rappela la lueur glacée de ses prunelles, les longues plumes de sa chevelure, voile de nuit couvrant ses épaules et son torse. Elle se rappela sa gorge sèche, son impression de sombrer.

« J'ai mis du temps à l'admettre, mais je suis tombée amoureuse de lui à l'instant même où je l'ai vu. Et lui ? Ça m'étonnerait ! Sans son intervention, j'aurais tué ce gosse… »

— C'est assez proche pour toi ? interrogea Axel d'un ton où perçait une pointe d'anxiété.

— Ça devrait aller. Je serai de retour avant la fin de la nuit. D'ici là, si tu sens qu'il y a quelque chose de pourri dans le coin, va-t'en.

— Ce n'est pas à moi d'être prudent ! Je ne risque rien, ici. Mais toi ? Que se passera-t-il si tu tombes sur celui qui t'a menacée de mort ou sur ton père adoptif ?

— Ça n'arrivera pas, Axel. J'ai grandi là-bas et j'en connais tous les recoins. Tania a l'habitude de se percher, toujours au même endroit, à l'entrée du Passage. Je ferai en sorte d'attirer discrètement son attention. Quant à Tybalt… Ne t'en fais pas, va. Je suis de taille à me défendre.

— Je peux encore t'accompagner…

— Non, murmura Cléo, osant déposer sur sa joue un baiser. C'est quelque chose que je dois faire seule.

Alors, rapidement pour ne pas changer d'avis, elle tourna les talons et s'éclipsa.

Dissimulée dans les soubassements d'un immeuble depuis longtemps pillé par les membres de son ancien clan et laissé à l'abandon, Cléo observait les abords du Passage. La jeune fille avait menti à Axel : certes, elle connaissait ce territoire, mais elle ignorait, avant de s'y essayer, qu'elle pouvait se rendre aux portes mêmes du quartier général en utilisant des caves et des galeries… et jamais il n'aurait accepté de la laisser s'y aventurer.

Mais c'était le moyen le plus sûr de ne pas être repérée.

De l'autre côté de la rue, son passé. L'entrée, couloir rectangulaire ouvrant sur une courette et le chiffre treize, plaque bleu et blanc grattée et soigneusement entretenue, sur le côté. La façade noire du bâtiment extérieur, en partie effondré, dont le dernier étage servait parfois de guet aux arpenteurs chargés de veiller à la sécurité. L'enseigne coupée en deux, rafistolée maintes fois, où l'on pouvait encore lire : « TH… TRE …U… NO. » L'amoncellement de gravats, un peu plus loin sur la gauche, où sa sœur adoptive aimait à venir se percher.

« J'ai dit à Axel que je trouverai un moyen d'avertir Tania, mais je ne vois pas comment faire. À part lancer des cailloux et espérer qu'elle ne donne pas l'alerte… »

Bruits de voix.

Deux femmes passèrent le porche. Edda, arpenteuse aux courts cheveux argentés, et Norma, guerrière des Rejetons de Lazarus au crâne scarifié, au corps mince et noueux. Toutes deux vêtues de cuir souple et noir, toutes deux armées de longs couteaux et de lances d'os. Une fois dehors, elles échangèrent un regard entendu, inspirèrent largement et partirent en chasse. Avec un frisson, Cléo se rappela la dernière fois qu'elle les avait vues ensemble. La violence d'Edda, jamais rassasiée. La sauvagerie de Norma, qui scalpait ses proies humaines. Si, par malheur, elles découvraient Axel…

« Au moins, elles n'ont pas d'arc. »

Le temps s'écoulait bien trop lentement. Chaque minute semblait une heure, remplie de souvenirs en vrac, de phrases isolées, jaillissant sans raison dans son esprit, d'impressions retrouvées – déjà vues, décalées. Absurdes. Et cette affreuse sensation d'aborder une terre inconnue et hostile, alors qu'elle y avait vécu. *Ami, quel est ce pays ? La Félonie, madame*[1]. C'était peut-être le pire, dans cette interminable attente. Se remémorer, sous l'angle du mensonge et de l'hypocrisie, une vie entière.

Réinterpréter les mots, les regards, revoir des scènes comme au théâtre, quand le traître ou le chœur dévoile l'intrigue en aparté.

« On pourrait presque écrire cette farce cruelle. Quelque chose de ce genre, en vers pourquoi pas ? Le père : Allons ma chère enfant, il est temps de t'apprendre / À bien les égorger et à bien te défendre / Depuis bien trop longtemps cette vermine ailée / croît et se multiplie au cœur de la cité. La fille : Je suis impatiente d'éprouver ma valeur / En terrassant ces monstres qui pour mon malheur / Ont massacré les miens. / Le père *(en aparté)* : Ah ! Son empressement / Démontre le succès de tous mes procédés : / Faire de cette bâtarde le bras armé / De ma vengeance… »

1. D'après les premiers mots de *La Nuit des rois*, de Shakespeare.

Quittant le Passage en discutant vivement, trois membres du clan l'empêchèrent de poursuivre. Parmi eux, Cin et Tania. L'adolescente aux boucles d'or blanc avait grandi. À moins que ce soit simplement sa manière de se tenir ? Dos droit, taille cambrée, menton fièrement dressé, elle avait acquis, en peu de temps, une assurance étonnante.

— … Faites comme vous voulez : je vous aurai prévenus. Si vous avez des emmerdes, faudra pas venir vous plaindre.

— Mais il ne va rien nous arriver ! Y a rien là-bas, aucun danger. Y a juste à se servir !

— Pourquoi vous n'attendez pas Tybalt ? Il pourrait organiser une expédition et…

— Et, comme d'habitude, être le héros de l'histoire ? coupa Cin. Non merci. Bon… Tu ne vas pas nous dénoncer, au moins ?

— J'ai autre chose à faire.

Tania les regarda s'éloigner avec un haussement d'épaules avant de se diriger vers son perchoir favori.

La rue était calme. Aucun guetteur dans les hauteurs, personne à l'extérieur, en dehors de sa sœur adoptive.

« C'est le moment. »

Silencieuse comme une ombre, Cléo s'extirpa de sa cachette. Émit un doux sifflement. Surprise, Tania se retourna.

— C'est moi, Cléo, souffla-t-elle, se redressant aussitôt. Je suis de retour.

L'adolescente hésita, puis la rejoignit de l'autre côté du Passage. La contempla en silence, une lueur indéchiffrable dansant au fond de ses yeux d'or.

— De retour, dit-elle enfin. Tiens donc. C'est une surprise.

Cléo recula, heurtée par sa froideur. Elle ne s'attendait pas à un accueil chaleureux, mais cette hostilité empreinte d'une menace sourde l'ébranlait.

— Je… je suis désolée d'être partie si longtemps. D'autant que… j'imagine que… Ça n'a pas été trop difficile, ici ?

— Ça va.

— J'ai l'impression que tu as pris de l'assurance. Je… je suis contente pour toi.

— Tant mieux.

— Tania, je ne t'ai pas laissée tomber ! Je comprends que tu m'en veuilles, mais… je n'ai pas eu le choix.

— T'as pas eu le choix de te barrer sans prévenir, histoire de bien foutre la merde ici ? Ben, écoute, c'est merveilleux, je pense que tu vas pouvoir expliquer ça à mon père ! Il sera ravi d'entendre de ta bouche pourquoi deux gars sont morts en essayant de te…

— Tybalt pourrait lui dire, coupa Cléo. Tybalt connaît la vérité, puisque c'est à cause de lui que je ne peux pas revenir.

— Tu ne peux pas… Alors, qu'est-ce que tu fais ici ? demanda Tania d'un ton plus détendu.

— Je suis venue te dire adieu. Je peux tout t'expliquer, mais ne restons pas ici. Si tu es d'accord, bien sûr.

Tania acquiesça et la précéda jusqu'à l'angle d'une voie perpendiculaire au Passage. Là, dans l'obscurité, se dessinait l'ossature d'un édifice massif. Le lieu, aménagé à l'aide de poulies et de matériel d'entraînement pour les plus jeunes membres du clan, était désert. Les mannequins, figures blanches, rigides, bardées de métal et de morceaux de cuir, formaient une étrange garde, immobile – presque inquiétante. Tania pivota vers elle. Ses boucles platine voletèrent autour de son visage, aussi pâle que celui des figures silencieuses.

— Alors ? demanda-t-elle.

— Alors, j'ai été suivie jusqu'au Jardin sauvage. Tu sais, là où m'attendait Lyn, précisa Cléo, remarquant la mine perplexe de l'adolescente. Je ne sais pas comment ils ont su : probablement n'ai-je pas été assez discrète… Tu n'as rien noté de particulier, ce soir-là ?

— Non. Je t'ai regardée partir et je suis rentrée.

— Quand je suis arrivée là-bas, je me croyais seule. J'avais eu à deux ou trois reprises le sentiment d'être épiée, mais rien de plus. Et puis quelqu'un est venu. Pas Lyn, mais Axel, l'ailé avec qui elle a grandi. Tu t'en doutes, la situation entre nous a rapidement dégénéré… Tybalt, Titus et Eol sont arrivés, armés de chaînes, de piques et d'un filet. À trois contre un, je ne pouvais pas laisser faire. À la fin, j'étais dans un sale état, mais lui était blessé et les deux autres ne valaient guère mieux. Avant de partir, il m'a dit qu'il cacherait la vérité à Marcus et me tuerait la prochaine fois qu'il me verrait.

— La vérité ? répéta Tania, arquant un sourcil interrogateur.

— Pour lui, je couchais avec une Chimère. La jalousie, toujours…

— Et tu as trahi le clan. Quoi ? Prendre le parti de l'ennemi, ce n'est pas une trahison, peut-être ?

— Ç'aurait pu être Lyn.

— Ça change rien, putain !

Cléo se mordit les lèvres sans répondre.

— Que s'est-il passé, ensuite ? interrogea Tania. Tu es partie avec lui ?

— Il m'a emmenée dans son Nid pour me soigner. J'ai retrouvé Lyn… Les autres ont fini par m'accepter.

— Alors, tu vas rester là-bas. Avec les Ashes.

— Je suppose.

Passant nonchalamment le bras autour d'un leurre aux formes vaguement féminines, Tania plissa les yeux. Réfléchit quelques instants.

— Il y a quelque chose, entre cet emplumé et toi ?

— Je crois.

— Et il sait que t'es pas vraiment une Mens ? Remarque, ça l'arrange peut-être que t'aies du sang de Ashes. Je sais que les gens, ici, ne le supporteraient pas. Je veux dire, vaut mieux pas qu'ils l'apprennent. Surtout mon père : ce serait terrible pour lui. Tybalt avait raison, en fait ! Ben oui : t'as fini par avoir une histoire avec le piaf, et il a bien fait de ne rien dire à personne.

Cléo recula, blessée par ses propos, par son ironie surtout. Même conflictuelles, elle n'avait pas imaginé leurs retrouvailles ainsi – et jamais avec une telle morgue. Les mises en garde d'Axel lui revenaient en mémoire, comme les soupçons qu'il nourrissait. Pourtant, elle ne pouvait envisager que Tania l'ait dénoncée.

— Bon, ça ne sert à rien que je reste plus longtemps alors…

— Je ne voulais pas te vexer, protesta Tania. C'est juste que tu débarques, après une lune d'absence ou presque, et tu m'annonces comme ça qu'on ne se reverra plus, que Tybalt veut ta peau et que tu t'es installée avec des Ashes, je ne sais où. C'est quand même un peu dur à avaler, tu ne crois pas ?

— Tu as raison, désolée. Cela n'a pas été simple pour moi, ces dernières semaines et je crois que je suis un peu à fleur de peau.

— T'as l'air de crever de faim, aussi ! Putain, ils te nourrissent pas, là-bas ?

— Je suis partie sur un coup de tête, expliqua Cléo. Je n'ai pas pensé à emporter de quoi manger. Axel m'a rejointe, et nous nous sommes partagé les biscuits qu'il avait avec lui, mais c'est tout.

— Axel… c'est ton… ta…

— Mon ami.

— Donc, il est dans les parages… Tu sais quoi ? Tu vas m'attendre ici, et je vais aller chiper dans la réserve de quoi vous nourrir tous les deux. Ce sera des galettes et de la viande de rat, mais c'est mieux que rien. Et puis, si tu veux bien, je ferai un bout de chemin avec toi : tu m'as manqué, tu sais ! Je me dis qu'on aura le temps de bavarder un peu sur le chemin. Si tu es d'accord, bien sûr !

— Merci ! souffla Cléo, la serrant dans ses bras. Tu m'as manqué, toi aussi.

Tania s'éclipsa peu après, laissant Cléo dans le hall délabré de l'ancien immeuble.

La jeune fille s'approcha d'un des mannequins, figure neutre et crayeuse aux yeux peints, au crâne chauve et lisse. Petite, elle avait longtemps cru que ces poupées inertes étaient d'anciens Mens, pétrifiés par le Cataclysme. Elle frissonna.

« Décidément, je n'aime pas ces trucs. »

L'adolescente revint dix minutes plus tard. Elle portait une besace sur son épaule et son fouet pendait à sa ceinture.

— Prête ? demanda-t-elle.

— Je suis passée par les sous-sols, tout à l'heure.

— Parfait ! En ce moment, le coin est plutôt calme, et puis on sera tranquilles.

Cléo la précéda jusqu'à l'entrée de la galerie. En face, le Passage paraissait calme. Presque trop : aucun bruit ne s'en échappait.

« Sans doute sont-ils rassemblés dans la grand-salle. Pour ceux qui demeurent ici, c'est certainement l'heure de souper. »

Sans hésiter, elle se faufila dans les ténèbres et, une fois Tania à ses côtés, alluma une discrète chandelle.

15

Elles avançaient depuis vingt minutes environ dans un dédale de caves aux voussures spongieuses et noires, de couloirs de terre et de briques poreuses infestées de blattes, de ruines ouvertes sur des soubassements corrodés. N'avaient encore croisé nulle monstruosité dans les sous-sols.

Seul l'écho de pas résonnant de temps à autre dans les galeries troublait Cléo.

« Ce sont les nôtres, l'avait rassurée Tania. Tu sais bien que les ténèbres déforment tout. »

La jeune fille se méfiait. Aussi avait-elle tiré son couteau de chasse et le serrait fermement dans sa main.

— Tu n'as pas peur de te perdre ? murmura l'adolescente.

— Ce n'est pas très compliqué, tu sais. Il suffit de situer grossièrement le nord et le sud.

— J'oubliais ton légendaire sens de l'orientation !

Ce n'était qu'à moitié une raillerie. Quel que soit le lieu où elle se trouvait, jamais Cléo n'avait eu de difficulté à trouver son chemin. Un don de même nature que celui de guérison, peut-être ?

La jeune fille eut un bref sourire.

— Comment ça se passe pour toi, maintenant ?

— Maintenant que t'es plus là ? Plutôt bien, en fait. Il y a eu toutes ces merdes au début parce que mon père te cherchait partout. Ça a pas mal retardé notre alliance avec les Chaînes brisées, mais c'est en bonne voie. Neri et Ion se sont installés aux Pics : notre clan va envoyer une délégation pour officialiser les choses, ça devrait se régler d'ici la prochaine lune. Tout ce temps, j'en ai profité pour le passer avec les maraudeurs. Soi-disant à chercher des traces de ta présence. Comme Tybalt n'était pas enthousiaste – je comprends pourquoi –, on s'est consacrés à la chasse. On a éliminé une meute de chiens, des bêtes énormes et couvertes de croûtes, putain je te dis pas l'horreur, qui traînaient au nord du territoire, et on est tombés sur des rôdeurs. Genre moitié Mens, moitié Dégénérés. Des scarifications sur le torse et des tignasses rouge sang. Tybalt, Cin et quelques autres les ont traqués pendant qu'on allait prévenir les arpenteurs. Du coup, j'ai fait partie de ceux qui ont été félicités, une fois ces barbares éliminés. Ça a pas mal arrangé les choses. Et toi ? Comment ça va, la vie avec les Ashes ?

Cléo hésita, réticente à évoquer le temps passé à la Tour de l'Horloge. C'était une part intime d'elle-même, un pan de son existence qu'elle ne souhaitait pas partager. En le dévoilant, elle aurait eu l'impression de se dévoyer. Il faudrait tout expliquer, tout justifier, prendre parti et, d'une manière ou d'une autre, elle en sortirait salie.

— Je n'en ai pas rencontré beaucoup, éluda-t-elle. Lyn, Axel, une ou deux autres personnes…

— Putain, mais qu'est-ce que tu fous de tes journées ?

« Tybalt l'a contaminée avec ses "putain" tous les deux mots. »

— Ils ont pas mal d'ouvrages datant d'avant le Cataclysme, expliqua-t-elle à haute voix. Alors, j'en profite pour lire un peu.

— Tu ne sors jamais ? Tu n'as pas le droit de te balader, ce genre de trucs ?

— D'abord, j'étais blessée et j'avais besoin de repos. Ensuite, j'ai eu des informations sur le tatoueur. Tu sais, celui qui a dessiné le serpent ailé sur le poignet de Lyn et le mien. Alors, Axel et moi sommes allés le trouver et…

— D'accord, mais ça ressemble à quoi, là-bas ? Chez les… les… Chimères ? Ne me regarde pas comme ça, j'ai le droit d'essayer d'en apprendre un peu plus !

— Comme je te l'ai dit…

Cléo s'interrompit. S'arrêta net.

— Quoi ?

Pour seule réponse, elle posa son doigt sur la bouche. Écouta. Bruits de pas dans l'obscurité. Des pas étouffés et furtifs. Puis plus rien.

— Qu'est-ce qui se passe ?

— J'ai *vraiment* l'impression qu'on nous suit.

— Merde ! Ce serait quoi ? Tu… tu penses à Ceux-d'en-dessous ?

— Non.

— C'est peut-être des cannibales ? chuchota Tania. Tu sais, on est censés les avoir éliminés, mais Edda et sa copine la tueuse sont persuadées qu'il en reste. Va savoir s'ils ne se sont pas planqués ici. On fait quoi ?

— On continue, décida Cléo. Reste sur tes gardes, surtout.

Prudente, elle guida sa sœur adoptive le long de couloirs aux murs suintants, d'où pendaient des câbles amalgamés les uns aux autres, nasses poisseuses où se nichait une indescriptible vermine. À plusieurs reprises, elles croisèrent les carcasses de bêtes aux pattes atrophiées, que d'énormes vers achevaient de ronger. Elles traversèrent des fondations d'immeubles ébranlées par le temps et les intempéries, envahies de mares stagnantes et d'herbes aux effluves nauséabonds. Enfin, elles furent à l'air libre, proches de la bâtisse en ruine où s'était réfugié Axel. Cléo inspira profondément, heureuse de quitter les galeries viciées, puis se tourna vers l'adolescente.

À moins de trouver le moyen de se rejoindre, en secret, à bonne distance du Nid et du territoire du Passage, elles se voyaient pour la dernière fois. En réalité, c'était la dernière fois. Elles avaient grandi aux côtés l'une de l'autre, partagé jeux, peines et joies, mais à présent un abîme les séparait. Elles n'appartenaient plus au même monde ; d'ici quelques lunes, elles deviendraient l'une pour l'autre des inconnues que seuls des souvenirs tronqués et un sens du devoir diffus rapprocheraient. En outre, de quoi parleraient-elles ? De Marcus et de ses complices, les assassins de ses parents ? De Tybalt, la brute qui l'avait forcée ? Cléo se sentirait obligée de demander des nouvelles, entrerait dans un jeu hypocrite et malsain, espérant le pire pour les meurtriers, captive malgré elle d'un passé dont elle ne voulait plus.

— Le moment est venu, je crois, murmura-t-elle, caressant avec tendresse la joue de Tania.

— Tu ne me présentes pas ton Alex ?

— Axel. Non, je ne te le présenterai pas ! Pour toi, c'est un Ashes, un piaf à peine doué de raison, expliqua-t-elle d'un ton plus doux. Pour lui tu n'es qu'une Norm, sans âme et sans honneur. Je ne vois pas l'intérêt d'une rencontre.

— Dommage, répondit l'adolescente, calant une boucle rebelle derrière son oreille. J'aurais bien aimé savoir à quoi il ressemble. Quoi ? T'es quand même tombée amoureuse de lui, c'est pas rien ! Je veux dire, même si Tybalt a des mauvais côtés, c'est le chef des maraudeurs et il a un putain de charisme !

— Tybalt ? Si tu le dis… Jusqu'à ce que je rencontre Axel, je ne savais pas ce qu'être amoureuse voulait dire. Je me rends compte que je n'ai pas dû t'être d'un grand secours, d'ailleurs. Tu étais malheureuse et j'étais incapable de comprendre…

— Mais si, l'interrompit Tania, un peu précipitamment. Et puis c'est sans importance. N'empêche, je suis curieuse. Tu ne veux pas me dire…

— Quoi ?

— À quoi il ressemble, ce que tu aimes en lui, le genre de trucs qu'on se confie entre sœurs… ou entre amies.

Confuse, Cléo baissa les yeux. Elle se comportait déjà en étrangère !

« Comme d'habitude, Tania vise juste et me met à l'épreuve. Pourquoi ne pas lui répondre, après tout ? Après, je m'en irai ! »

— Axel est…, commença-t-elle.

— Beau ?

— Oui ! Ses ailes ont la couleur de la nuit, ses yeux brillent comme de lointaines étoiles bleues. Sa voix est profonde, douce. Pour m'endormir, un soir, assis près de moi, il m'a conté une histoire…

— Putain, on dirait une de tes répliques de théâtre !

— Axel m'inspire, j'imagine. D'ailleurs, il est temps que j'aille le rejoindre.

— C'est là qu'on se dit au revoir, alors ?

— Je crois.

Tania la dévisagea, les yeux brillants, avant de la serrer dans ses bras. Émue, Cléo lui rendit son étreinte. Elles demeurèrent longtemps enlacées, puis s'arrachèrent l'une à l'autre. Avec un dernier sourire, la jeune fille tourna les talons et disparut dans l'obscurité, vers Axel, vers sa nouvelle vie.

Grimper à toute allure les marches moisies et glissantes. S'élancer dans le vaste couloir, sauter par-dessus les déblais caoutchouteux, heurter une poutre traîtresse tombée en travers du chemin, perdre l'équilibre, se rattraper au dernier moment, peu importe la boue et les écorchures. Enfin, arriver hors d'haleine sur la plateforme à ciel ouvert, inondée par les récents orages de flaques d'eau noirâtres et de scories où l'attendait la Chimère.

Dès qu'il la vit, Axel, perché sur le vestige d'une haute façade dont seul un pan crénelé et étroit subsistait, déploya ses ailes pour la rejoindre.

Ils demeurèrent un moment immobiles, les yeux dans les yeux, n'osant ni se rapprocher l'un de l'autre ni se parler. Puis l'ailé combla la distance qui les séparait, tendit la main, effleura son visage, passa les doigts derrière sa nuque, la rapprochant encore de lui. Les genoux tremblants, le ventre en feu, Cléo sentait le cœur d'Axel s'emballer, résonnant dans son propre corps en écho du sien. Chancelante, elle noua les bras autour de son cou. Leurs souffles se mêlèrent ; leurs lèvres se joignirent. Leurs chairs dévorées de désir étaient douloureuses et brûlantes ; leurs vêtements frottaient contre leur peau à vif. Fébrile, Cléo tenta maladroitement de se débarrasser de sa veste et de sa tunique rapiécée. Axel l'aida, couvrant de baisers son ventre, sa poitrine, sa gorge. Indifférents au sol détrempé, poisseux de cendres, ils basculèrent. Leur étreinte se fit de plus en plus ardente, de plus en plus intime. À la tendresse se mêlait l'exaltation d'une passion trop longtemps réprimée. Ivre d'Axel, Cléo perdait ses repères : il n'y avait plus que l'incendie de ses caresses, le goût de sa sueur, métallique et salé. Tout autour, le monde avait disparu.

Pas lourds, précipités. Clameurs. Lumière.

Papillonnant des yeux, Axel s'écarta d'elle. Brutalement dégrisée, la jeune fille roula sur elle-même, attrapa son poignard, bondit sur ses pieds.

Ils étaient une dizaine au moins, armés de piques, de chaînes et de filets. À leur tête, Tybalt. Dans la lueur des torches, son visage prenait des teintes métalliques et ses pupilles dilatées par la haine semblaient de lave. Derrière lui, Eol, Titus et Tania, une expression curieuse voilant ses traits lisses. Ainsi, elles avaient été suivies ? À moins que… Non. Impossible. Elle ne pouvait l'avoir trahie.

Pas le temps de réfléchir plus avant. Pas le temps de fuir. Déjà, la meute était sur eux.

— Je t'avais prévenue, putain! gronda Tybalt. Je t'avais dit que je te tuerais, si t'osais de nouveau te mettre en travers de ma route!

Il se rua sur elle, brandissant un coutelas d'os. Aussitôt, une ombre s'interposa: Axel. Un premier coup de pied fit sauter l'arme du jeune homme, un second le cueillit au menton. Cléo intercepta la javeline qui le visait, pivota sur elle-même et faucha l'agresseur à l'arrière des genoux. À peine eut-elle le temps de se retourner, Eol attaqua, faisant tournoyer au-dessus de sa tête son fléau hérissé d'ossements. Axel bondit, essayant une fois encore de la protéger – et tomba dans le piège tendu par son adversaire. Les chaînes s'enroulèrent autour de sa taille, des pointes le transpercèrent. D'une traction brutale, le guerrier des RAJ le précipita à terre, s'élança. Cléo ne lui en laissa pas le temps. Fonça sur lui. Ils basculèrent violemment sur le sol. En tombant, Cléo percuta un monceau de déblais. Les gravats déchirèrent sa peau, lui arrachant une grimace. Eol agrippa ses poignets, tentant de la maintenir immobile sous lui. Prit soudain conscience de la poitrine dénudée de la jeune fille… et Cléo lui cracha au visage, profitant de son trouble pour se dégager.

Non loin, Axel affrontait Tybalt et Titus. Trois maraudeurs guettaient, prêts à profiter de la moindre faiblesse pour frapper dans son dos et le terrasser.

« Ils sont trop nombreux. Tout ce que nous pouvons espérer, c'est gagner assez de temps pour qu'au moins l'un de nous s'échappe. Axel peut voler… il a toutes ses chances. Moi, je me débrouillerai. »

Une solution: provoquer le jeune homme, le forcer à la prendre pour cible.

— Toujours aussi lâche, Tybalt, lança-t-elle, se jetant dans la mêlée. Dix contre deux, bravo !

— Dix contre quoi ? Un emplumé et sa pute ?

— … Et toujours aussi peu de vocabulaire.

— Je vais te crever, salope ! rugit-il.

— C'est bien ce que je disais.

Furieux, Tybalt chargea. Fermement campée sur ses jambes, Cléo attendit le dernier moment, évita l'assaut, contre-attaqua d'une violente manchette au creux des omoplates. Hoquetant de douleur, son opposant perdit l'équilibre et tomba à genoux, souffle coupé.

Ils étaient quatre, à présent. Harcelaient Axel, le forçant à tourner sur lui-même, esquivant sans jamais pouvoir riposter. La Chimère saignait à l'épaule, aux jambes et au torse. Pour l'instant, ils n'avaient pas réussi à toucher ses ailes, mais les briseraient si elle n'intervenait pas très vite. Elle bouscula Titus, frappa au flanc un deuxième assaillant, arracha son arme au troisième – et se retrouva à terre, enchaînée, le fléau d'Eol mordant cruellement ses chairs nues. Mais, pour Axel, la voie était libre.

— Fuis ! s'écria-t-elle.

— Pas sans toi !

Il s'envola rapidement au-dessus de leurs ennemis, avisa Eol, qui s'efforçait de tirer la jeune fille vers lui. Piqua. Le choc fut terrible. Projeté en arrière, le guerrier glissa sur le sol fangeux. Immédiatement, Axel fit volte-face et fila vers Cléo. Trop tard. Tybalt l'avait fait prisonnière et, la tenant brutalement par les cheveux, la maintenait, gorge offerte à son coutelas. Au même moment, il y eut un cri de terreur suivi d'un choc sourd. Emporté par son élan, Eol s'écrasa, une douzaine de mètres plus bas, sur le pavé creusé de fange.

— Rends-toi ou je la saigne.

— Va-t'en, Axel ! Ce type n'est qu'un couard : jamais il n'osera.

— Et là, je suis toujours un couard ? siffla le maraudeur, accentuant la pression de sa lame d'os, faisant naître quelques gouttes de sang sur son cou.

— Un couard, un moins que rien, un minable trop bête pour comprendre autre chose que la force.

— Arrête, Cléo ! Il va te tuer !

« Et s'il me tue, tu seras libre de fuir. »

Mais Axel voyait clair dans son jeu. Sans hésiter, il laissa choir ses armes. Celles-ci heurtèrent le sol dans un fracas sinistre.

— Tiens, la petite merde à plumes s'inquiète pour sa pute ?

— Lâche-la, maintenant, ordonna Axel, livide.

— La petite merde à plumes n'a pas à me donner des ordres ! La lâcher ? Et puis quoi encore ? Cette salope m'a trahi, nous a tous trahis, et elle va payer pour ça. Quant à toi… Elle te trouve beau, hein ? Et tu lui lis des histoires ? Je te garantis que ça ne va pas durer. Titus, Eol, occupez-vous de lui et veillez à ce que tout le monde ait sa part.

Horde assoiffée, les maraudeurs encerclèrent la Chimère désarmée. Se jetèrent sur elle, grognant et beuglant comme des bêtes. Se mirent à frapper. Frapper. Frapper. Impuissante, Cléo se débattit. Essaya vainement d'échapper à l'emprise de son ancien ami. Hurla, quand Axel commença à hurler.

— Ça fait mal, hein, de le voir souffrir sans rien pouvoir faire ! Tu vois, c'est que le début, Cléo de mon cœur. Tu vas crever, mais pas tout de suite. Il y aura un jugement, avant. Ouais, je ne vais pas te tuer, finalement. Je vais te ramener au clan. Quant à ton piaf, on va le réduire en bouillie. On va lui arracher les ailes, et on va les cramer. On verra s'il est toujours aussi séduisant avec des moignons !

Cléo voulut détourner la tête, fermer les yeux. Il l'en empêcha.

— Si tu ne regardes pas, ce sera pire. Pigé ?

Soudain, elle aperçut sa sœur adoptive, un peu à l'écart, qui observait la scène sans rien dire.

— Tania ! s'écria-t-elle, éperdue. Tania, je t'en prie ! Aide-nous !

L'adolescente chassa une mèche d'or blanc qui chatouillait son visage, arqua un sourcil méprisant.

— Mais, pauvre conne, je n'en ai aucune envie.

16

« Regarde. »

Elle voudrait détourner la tête, mais une gangue glacée l'en empêche.

« Regarde. »

Elle voudrait fermer les paupières, mais c'est impossible : on les lui a coupées.

« Regarde. »

Le dragon d'encre noir et bleu gît, pennes arrachées, devant elle. Son sang coule à gros bouillons de ses blessures, les plaies à vif dans son dos, et les bouches multiples, roses et rouges, qui percent ses flancs. Elle aimerait pleurer, mais ses prunelles sont sèches. Elle aimerait parler mais n'a plus de langue. Elle aimerait hurler mais n'a plus de voix. Pour la tourmenter, on l'a privée de tout. On l'a emprisonnée dans le corps pétrifié d'une poupée livide, on la force à assister, impuissante, à cette interminable agonie.

« Regarde. »

Ses yeux. La seule part d'elle-même qu'ils n'ont pas pu toucher.

Alors, elle obéit. Les rive à ceux du serpent ailé, du serpent aimé. Pleure sans verser de larmes. Parle sans user de mot. Hurle sans faire aucun bruit… jusqu'à ce que le dragon redevienne Chimère, jusqu'à ce qu'elle redevienne humaine et que leurs corps enlacés se dissolvent dans les flammes d'un brasier.

Cléo s'éveilla, grelottante, la bouche sèche et les cils collés par le sel et la crasse. Autour d'elle, le noir. Contre sa peau nue, un morceau de laine râpeux. Autour de ses poignets, des fers glacés. Elle était allongée, à même le sol, sur une mauvaise paillasse puant le renfermé. Elle voulut s'asseoir, chancela – son corps entier la faisait souffrir, sa tête la lançait douloureusement. Levant les bras, elle tâta maladroitement l'arrière de son crâne, grimaça. Il était douloureux, et elle pouvait sentir une boule dure sous ses doigts.

« Ça guérira vite. D'ici deux jours, tout au plus, je devrais être rétablie. »

Deux jours ? Lui restait-il encore deux jours à vivre ? Et Axel ? Les souvenirs surgirent, violents, déchirants. Ses anciens compagnons, frappant sans relâche son amant désarmé. Ses hurlements. L'horreur de ne pouvoir lui venir en aide. Les mots de Tania. Venimeux, chargés de haine. Libérateurs. Parce que, à l'instant même où elle les avait prononcés, quelque chose s'était brisé en Cléo. Avant la tristesse et le désespoir, avant la souffrance, la colère avait tout emporté, lui donnant la force de se battre et la volonté de tuer. Elle s'était jetée en avant, prenant Tybalt par surprise, le contraignant à libérer sa gorge. S'était rétablie d'une roulade, ignorant les pointes qui s'enfonçaient dans ses chairs et s'était dégagée des chaînes qui la retenaient. Se saisissant du fléau, elle avait eu le temps de frapper les bourreaux d'Axel, plusieurs fois, jusqu'à sentir la peau et les os éclater sous ses coups. Ensuite, il y avait eu cette douleur fulgurante – et plus rien.

Qui l'avait assommée ? Tybalt ? Tania, peut-être.

Axel… Qu'était-il devenu ? Avait-il survécu ? L'avaient-ils tué ? Elle l'avait aperçu, avant de sombrer. Se rappela le corps rouge et souillé, les plumes poisseuses de sang. Retint, à grand-peine, une nausée.

« Qu'ont-ils fait de toi ? Si je t'avais écoutée… Tania… Comment aurais-je pu deviner ? À moins qu'ils l'aient coincée sur le chemin du retour… »

Cléo voulait croire à cela, sans vraiment y parvenir. Les questions de sa sœur adoptive sur le trajet, son insistance pour connaître « sa vie parmi les Ashes » et pour en savoir plus sur Axel lui paraissaient moins innocentes dans l'obscurité de sa prison. Tybalt avait entendu ses confidences à propos de l'ailé ; si Tania savait qu'il était là, cela signifiait qu'elle avait vraiment décidé de la blesser, jouant sur la jalousie du jeune homme et sur sa rancœur.

Mais pourquoi ?

« Elle aurait pu m'en vouloir de l'abandonner. Mais aller jusque-là ? »

Craquement de lattes desséchées, à l'extérieur. Crissement d'une barre de métal. La porte s'ouvrit, laissant filtrer un peu de lumière. Ils l'avaient emprisonnée à l'étage de l'immeuble accolé au Passage, dans le coin le plus obscur d'une pièce étroite et sans fenêtre. À l'exception de trouées de béton pareilles à des écorchures – emplacement probable de meubles depuis longtemps disparus –, cloisons et sol étaient carrelés d'un bleu dont on devinait encore l'éclat. Une silhouette se dessina, à contre-jour. Tania. Menue, ses boucles ivoirines formant un imperceptible halo autour de son visage voilé par la pénombre, l'adolescente s'adossa à un mur, à bonne distance. Elle tenait un vieil ouvrage relié de cuir rouge, le triturait sans regarder la captive.

« Elle semble mal à l'aise. M'a-t-elle apporté ce livre… *Othello* ou *Œdipe roi*, à en juger par la couverture – pour se faire pardonner ? Cela signifierait que j'ai eu raison de lui faire confiance : malgré les apparences, elle est de mon côté. »

— Salut, Tania, dit-elle à haute voix.

— Salut.

— Je ne vais pas te manger, tu sais ! Tu peux t'approcher de moi.

— Tu ne m'en veux pas ?

— J'imagine que tu n'as pas eu le choix ?

Tania lança un bref coup d'œil vers l'extérieur. À cet instant, l'écho d'un râle se répercuta dans le couloir, suivi d'un cri étouffé. Axel !

— Où est-il ? Pourquoi s'acharnent-ils sur lui ?

— Ils l'ont enfermé deux étages en dessous. Je crois qu'il y a un trou dans le mur de sa prison, histoire de lui permettre d'avoir les idées claires… mais, apparemment, il a du mal avec ça. Ils essaient de lui faire cracher le plus de choses possible sur les siens, précisa Tania. Genre l'emplacement de leur repaire ou combien ils sont. Mais il ne dit rien, même sous la menace. C'est pour ça qu'ils l'asticotent un peu.

Cléo sentit tout son sang se retirer de son visage.

— Qu'ils… l'asticotent ?

— Bah, ils ne lui ont pas encore arraché les ailes ! Ils doivent garder ça pour plus tard.

Le ton de sa voix. Le choix des mots. Tania était de leur côté et ne regrettait rien. Elle ne pouvait être aussi bonne comédienne !

— Qu'est-ce que tu es *vraiment* venue faire ici ? chuchota Cléo d'une voix blanche.

— D'abord, t'avertir de ce qui va se passer dans les jours à venir, répondit calmement Tania. Je t'explique : tu vas être jugée. Lui va servir de piège aux Ashes – ou d'exemple, je n'ai pas tout suivi. Mais ce que je sais, c'est qu'ils ne vont pas le garder en vie longtemps. Toi, tu as une chance de t'en tirer. Pour ça, il faudrait que tu prouves ton repentir et ta loyauté au clan.

— Mon repentir ?

— En couchant avec ce piaf, t'as trahi le clan. En vivant parmi ces bestioles, t'as doublement trahi le clan. Et qui sait si tu ne leur as pas révélé nos secrets ?

— Mais pourquoi…

— Je n'en sais rien. Je ne suis qu'un porte-parole et, au passage, j'ai eu du mal à convaincre mon père de me laisser jouer les messagères et te parler. Bref, si tu acceptes de révéler de ton plein gré tout ce que tu sais sur tes nouveaux amis, t'as une chance de survivre. Évidemment, pour Tybalt et les RAJ, ce n'est pas assez : ils veulent que tu tranches la gorge de ton emplumé, pour être sûrs. Mais les anciens du Passage ne se sont pas encore prononcés.

À mesure que l'adolescente parlait, Cléo s'était recroquevillée sur sa paillasse, son visage enfoui dans les genoux, sa chevelure sale, emmêlée recouvrant comme un voile ses épaules et son dos nus. Il y eut un autre cri, plus long, plus douloureux. Elle sursauta. Resserra les bras autour de ses mollets. Leva les yeux vers celle qui avait été son amie.

— Ils veulent que je le tue ?

— Je les ai prévenus qu'ils pouvaient toujours s'accrocher, que tu préférerais mourir plutôt que le trahir, mais tu connais Tybalt ! Quand il a une idée en tête…

— Merci. Tu as dit que tu étais là pour autre chose ? reprit-elle d'une voix où perçait encore un peu d'espoir.

— Oui ! Je suis venue te faire la lecture. C'est un passage d'*Othello*. Je crois que c'est une de mes pièces préférées… du moins, parmi celles que j'ai lues dans ton ancienne chambre. Oui, comme tu n'étais pas là, je l'ai récupérée. Tu ne m'en veux pas ? Et tu ne m'en voudras pas non plus si je bute sur certains mots ? La langue n'est pas simple et j'ai dû m'y reprendre à plusieurs reprises pour tout déchiffrer… Allez, je me lance… C'est où déjà ? Bla-bla-bla… Ah ! Voilà : « *Je hais le Maure…* Là, on s'en fout… *Il m'estime : mes desseins n'en auront que plus d'effet sur lui… Cassio est l'homme qu'il me faut… Voyons maintenant… Obtenir sa place, et donner un plein essor à ma vengeance : coup double ! Comment ? Comment ? Voyons… Au bout de quelque temps faire croire à Othello que Cassio est trop familier avec sa femme. Cassio a une personnalité, une fraîcheur qui prêtent aux soupçons. Il est fait pour rendre les femmes infidèles. Le Maure est d'une nature franche et ouverte qui croit honnêtes les gens pour peu qu'ils le paraissent : il se laissera mener par le nez aussi docilement qu'un âne. Je tiens le plan : il est conçu. Il faut que l'enfer et la nuit produisent à la lumière du monde ce monstrueux embryon*[1]. Voilà. Je ne te laisse pas la pièce, parce que dans le noir, ça ne servirait pas à grand-chose. Mais je te promets de revenir bientôt pour en discuter.

1. William Shakespeare, *Othello*, acte I, scène 3.

Sans laisser à Cléo le temps de répondre, Tania quitta la cellule. Au moment où la porte se refermait derrière elle, une plainte désespérée résonna dans le couloir.

Se battre ou mourir. Pas d'alternative. Ne surtout pas écouter la voix plaintive qui susurrait à ses oreilles des mots de désespoir et d'autoapitoiement. Tania l'avait trompée. Tania lui avait lu ce passage pour la blesser et l'obliger à réfléchir sur l'ampleur de sa trahison, lui faire comprendre qu'elle avait été sa dupe dès son retour au Passage. Oui, ça faisait mal. Oui, elle avait reçu cette flèche en plein cœur. Mais à quoi bon se lamenter ? À quoi bon verser du sel sur les plaies, déjà profondes, que d'autres viendraient bientôt creuser ?

Lutter pour les sauver tous les deux. Envisager tous les plans et toutes les solutions, y compris la mort. C'était le seul moyen de survivre – et de se venger. De Tybalt et de Tania. De Marcus, l'assassin de ses parents. Du clan entier. Les imprécations vengeresses de Camille contre Rome et son frère, meurtrier de celui qu'elle aimait, lui revinrent en mémoire.

Puissent tous ses voisins ensemble conjurés
Saper ses fondements encore mal assurés.
Et si ce n'est assez de toute l'Italie,
Que l'Orient contre elle à l'Occident s'allie ;
Que cent peuples unis des bouts de l'univers
Passent pour la détruire et les monts et les mers !

Qu'elle-même sur soi renverse ses murailles,
Et de ses propres mains déchire les entrailles[1] !

Le Passage n'était pas Rome ; Cléo pouvait seulement imaginer ce qu'étaient l'Italie, l'Orient et l'Occident et se doutait qu'aucune armée ne déferlerait dans les vestiges de l'ancien théâtre, mais elle était déterminée à rendre réelle la malédiction lancée par Camille, à poignarder ses geôliers – et tous les Horace qui se dresseraient en travers de sa route – avant de tomber. Restait à trouver comment. Debout, Cléo éprouva les limites de ses chaînes – à peine deux enjambées. Insuffisant pour atteindre la porte, assez pour servir de garrot. Les cloisons : trop épaisses pour être enfoncées. Mais peut-être pouvait-elle briser un ou deux carreaux et en faire des armes ?

Que faire, s'ils l'interrogeaient ? Se taire ? Les envoyer sur une fausse piste ? Et s'ils menaçaient de torturer Axel si elle mentait ?

« Je peux dire la vérité sur le lieu et minimiser le nombre, les contraindre à longer les marais… »

Tania avait laissé entendre qu'ils la forceraient à tuer Axel. Une mise à l'épreuve. L'abjuration de son amour. Elle pouvait utiliser cela : feindre de se soumettre et, au dernier moment, retourner la lame contre ses bourreaux. Ils mourraient tous les deux, mais ils mourraient ensemble. Une victoire pour eux, une terrible défaite pour ceux qui tentaient à tout prix de les séparer.

Cette hypothèse ne tiendrait qu'en dernier recours – et s'ils décidaient de faire d'elle une exécutrice. En

1. Pierre Corneille, *Horace*, acte IV, scène 5.

attendant, il fallait envisager d'autres solutions. Plus réfléchies. Moins tragiques. Axel était captif dans le même bâtiment qu'elle. Deux étages en dessous – un seul, si Tania avait menti. Une fois libre, Cléo pourrait rapidement porter secours à celui qu'elle aimait. Elle laisserait des morts dans son sillage. Des anciens compagnons, peut-être. Mais leur vie n'avait plus la moindre valeur, à présent.

D'abord, les armes. Cléo choisit, au jugé, un endroit situé assez bas sur le mur et à l'opposé de la porte. Puis, à l'aide de la soudure de ses menottes, commença à cogner. Elle allait doucement, essayant de faire le moins de bruit possible et d'ignorer le choc du métal contre ses poignets. Ses premières tentatives furent vaines : le carrelage était trop vieux, rongé par les moisissures. Il s'effrita sous ses coups, se muant en poudre collante et grenue. Enfin, elle trouva un carreau miraculeusement épargné par les vicissitudes du temps et de l'humidité. Creusa la paroi afin de le dégager le plus proprement possible. S'interrompit. Les lattes du plancher, au-dehors, grinçaient de nouveau. Quelqu'un venait. Quand la porte s'ouvrit, chassant l'obscurité dans les recoins de la cellule, Cléo était assise, menton contre les genoux, sur sa paillasse. La vieille couverture de laine qui lui tenait lieu de pelisse était roulée en boule derrière elle, dissimulant son ouvrage.

— Je t'avais dit que je reviendrais ! lança Tania passant le seuil du cachot. Remarque, c'est pas comme si j'avais le choix : puisque j'ai été messagère, on m'a désignée volontaire pour t'apporter des repas.

L'adolescente tenait une écuelle remplie de bouillie noirâtre et une gourde d'eau. Les fit glisser vers Cléo, prenant soin une fois encore de demeurer à bonne distance.

« Est-ce que j'aurais profité de l'occasion, si elle s'était approchée ? Tania reste ma petite sœur… »

— Mais, comme je suis là, autant bavarder un peu !

Elle s'assit, dos calé contre l'embrasure de la porte.

— Si tu veux, renifla la jeune fille, repoussant avec écœurement la mixture au fumet douceâtre.

— C'est du sang caillé avec des racines. Du sang de singe, je crois. Ou de chien, peu importe. Tu ne manges pas ?

— J'ai horreur de ça.

— Tiens, c'est vrai … Quelqu'un a dû s'en souvenir. Putain, c'est pas de chance !

— C'est toi ?

— Oh ! Je vois que tu as réfléchi à ce que je t'ai lu tout à l'heure.

— Ce n'était pas très difficile à saisir, répondit calmement Cléo. Tu as décidé de me trahir quand je suis venue te dire au revoir. Tu as prévenu Tybalt et ses maraudeurs en retournant au Passage chercher des vivres pour Axel et moi… Ce que j'ignore, c'est pourquoi tu as fait cela.

Tania éclata d'un rire grinçant, bien trop cynique pour Cléo qui désirait encore croire à leur amitié. L'illusion vola en éclats : l'adolescente douce à la blondeur enfantine disparut, laissant place à une inconnue froide et remplie de morgue.

— Pourquoi ? Mais pour être une bonne fois débarrassée de toi ! Pauvre Cléo ! railla-t-elle. Tu ne captes rien, décidément. Pourtant, l'extrait était clair. À croire que tu saisis pas ce que tu lis ! Putain, ça valait bien la peine de nous prendre de haut… Allez, je vais être sympa. Je vais t'expliquer, en utilisant des mots simples, histoire d'être sûre que tu comprennes. Moi, Iago. Toi, Desdémone. Tybalt…

— Othello, souffla Cléo. Tu veux dire que c'est toi…

— C'est quoi, déjà, l'expression ? La jalousie est le monstre qui s'engendre lui-même et se nourrit de ses propres entrailles[1], un truc comme ça. Ça a parfaitement fonctionné ; il faut dire que le terrain était propice. Tybalt supportait déjà pas tes velléités d'indépendance, d'ailleurs je l'ai pas mal titillé sur le sujet, mais quand tu t'es mis en tête de découvrir le pourquoi du comment de ton tatouage, ç'a été encore plus facile. Et, comme il venait me voir dès que ça n'allait pas, il m'a suffi de distiller des informations pour exciter sa méfiance.

— Tania, il n'y a jamais rien eu entre Cin et moi.

— Cin ? Pauvre conne ! cracha Tania – et il n'y avait aucune moquerie dans sa voix, seulement de la rancœur. Je me fiche de Cin ! C'est de toi et moi qu'il s'agit. Tu te souviens du jour où mon père a décidé de t'emmener chasser ? Je m'étais préparée, moi aussi. J'avais récupéré un os, j'avais passé la nuit à le tailler en pointe… J'attendais, près de toi : j'espérais qu'il me remarque et m'emmène avec vous. Je crois même qu'un

1. D'après William Shakespeare, *Othello*, acte III, scène 3 : « Méfiez-vous de la jalousie, seigneur ! C'est le monstre aux yeux verts qui raille la proie dont il se nourrit. »

mot gentil aurait suffi. Tu sais ce qu'il a dit ? « Qu'est-ce que tu fiches ici, toi ? » Ensuite, il m'a ébouriffé les cheveux et vous êtes partis. Tant que tu as été là, mon existence s'est résumée à ça : « Qu'est-ce que tu fiches ici, toi ? » Et pas seulement avec mon père. Avec les autres. Avec Tybalt, aussi. Il suffisait que tu sois dans la même pièce que moi. Quoi que je fasse, quoi que je dise, dès que tu entrais quelque part, je redevenais « Qu'est-ce que tu fiches ici, toi ? »

Tania demeura quelques instants silencieuse, puis se leva.

— Tu veux savoir pourquoi je t'ai dénoncée à Tybalt et aux autres ? lança-t-elle avant de quitter la cellule. Parce que je veux que tu disparaisses de ma vie. Définitivement.

17

Retour en arrière, au matin de la première chasse. Elles étaient assises côte à côte, ne pipaient mot. Attendaient son arrivée, espéraient qu'il serait fier parce qu'elles s'étaient soigneusement préparées, parce que leurs lames, leurs petites lames d'enfant étaient polies et propres. « Qu'est-ce que tu fiches ici, toi ? » Marcus avait-il dit cela ? Peut-être. Sans doute. Il avait emmené Cléo, et Cléo, triste pour sa cadette, n'avait pu s'empêcher de ressentir une pointe de fierté : il l'avait choisie, elle était la préférée. Était-ce à ce moment-là que Tania avait commencé à la détester ?

« Si seulement elle avait su ! Ce n'était pas de l'amour, mais le début d'une vengeance. Marcus faisait de moi une arme, un point c'est tout. »

Mais Tania avait grandi en ignorant la vérité, nourrissant une terrible rancœur. Lorsque Tybalt, dont elle était amoureuse, s'était intéressé à Cléo, cette rancœur s'était muée en haine.

Les souvenirs des dernières lunes, à l'aune de la vérité, se teintaient d'amertume. La trahison laissait un goût de bile dans sa gorge ; sa confiance naïve lui donnait envie de s'arracher la peau et de se crever les yeux, pour se punir d'avoir été trop aveugle pour discerner la vérité. Il y avait des signes, pourtant : des regards étranges, des paroles blessantes, qu'elle avait délibérément ignorés. Pis : la jeune fille avait fait de Tania sa confidente et sa complice, lui offrant d'elle-même son dos à poignarder.

« À cause de moi et de ma stupidité, Axel est prisonnier. »

Une plainte animale perça le silence. Une autre suivit, plus longue, plus douloureuse. Et une autre encore. Cléo serra les dents et les poings, ferma les yeux. Chaque cri la cinglait, pareil à un fouet. Chaque cri lui fendait le cœur ; elle aurait voulu prendre les coups qui lui étaient destinés. Elle se jeta sur sa paillasse en sanglotant, enfouit la tête dans la couverture de laine poussiéreuse et rêche. Se rappela son ouvrage. Briser le carrelage. En faire des armes. Les utiliser pour se libérer. Sauver Axel. Et tuer tous ceux qui se dresseraient sur son chemin. Cela suffit pour sécher ses larmes et lui rendre un peu de courage et d'espoir. Elle pleurerait plus tard ses illusions perdues. Pour le moment, seuls comptaient sa délivrance et les moyens d'y parvenir. Il ne lui fallut guère longtemps pour finir de dégager un premier carreau. Au prix d'un ongle retourné, elle parvint à le déchausser. Le brisa, d'un coup sec, contre ses fers. S'apprêtait à recommencer quand la porte s'ouvrit de nouveau : le visage sévère, Marcus, accompagné de Xian, pénétra dans la cellule. Cléo pâlit. Une bouffée de haine monta en elle, suffocante, menaçant sa raison, secouant son corps de tremblements. Inspirer. Respirer. Inspirer. Respirer. Se concentrer sur son souffle, et uniquement sur lui. Recouvrer, lentement, la maîtrise de soi.

« À deux contre un, je ne peux rien pour le moment. Taire mes intentions… Dissimuler ma haine et ma détermination… Tania aime Iago ? J'emprunterai, pour leurrer ces ordures, le dernier masque de Dom Juan… Comme lui, je feindrai le repentir et dirai tout ce qu'ils voudront entendre afin de mieux les tromper. J'en suis capable. Je n'ai pas le choix. »

Le chef du clan du Passage, juge silencieux et hostile, resta debout, bras croisés, près du seuil. Xian s'approcha. S'assit face à elle, enveloppée dans la cape de ses longues tresses grises entremêlées de breloques de métal et d'ossements. La scruta longuement, une grande tristesse au fond de ses prunelles topaze. Elle tenait entre ses mains trois longues plumes noires, encore poisseuses de sang.

— Ses ailes ont été brisées, déclara la tatoueuse d'un ton mesuré, laissant tomber les rémiges devant elle. Demain, elles seront arrachées et conservées comme trophées. S'il survit, il périra dans les flammes d'un bûcher.

Cléo déglutit. Baissa la tête, prunelles rivées à l'élytre d'encre noir et bleu, seule partie visible de son tatouage caché sous une grosse menotte. Essaya d'ignorer les souvenirs de ses parents au cœur du brasier, de leurs hurlements, de l'insoutenable odeur de leurs chairs consumées – de ses derniers cauchemars, aussi. Axel et elle, condamnés. Axel et elle, dévorés par le feu. Axel et elle, statues de cendres emportées par le vent et la pluie.

— Tu mourras avec lui, Cléo. Tu seras brûlée vive. Sauf…

— Sauf ? souffla-t-elle, espérant mettre assez de conviction dans sa voix.

— Sauf si tu dis tout ce que tu sais à propos de tes Ashes, répondit Xian, plus émue qu'elle souhaitait le paraître. Sauf si tu les trahis… comme tu as trahi le clan. Si tu coopères, tu seras libre d'aller où bon te semble, mais tu seras bannie : jamais tu ne pourras revenir au Passage.

— Estime-toi heureuse, cracha Marcus. Sans l'insistance de Xian et de quelques autres, tu aurais été mise à mort *de toute façon*. L'engeance qui est la tienne ne mérite pas de vivre.

Rester calme. Ne pas répondre. Se rappeler Dom Juan, faire de ses paroles une prière lénifiante, une incantation : « *Si j'ai dit que je voulais corriger ma conduite et me jeter dans un train de vie exemplaire, c'est un dessein que j'ai formé par pure politique, un stratagème utile, une grimace nécessaire pour ménager un père.* »

— Et lui ? murmura-t-elle, désignant du menton les plumes éparpillées sur le sol.

« *Me mettre à couvert, du côté des hommes, de cent fâcheuses aventures qui pourraient m'arriver… si j'ai dit que je voulais corriger ma conduite et me jeter dans un train de vie exemplaire…* »

— Tania t'a fait part des idées des RAJ et de Tybalt pour soi-disant mettre ta loyauté à l'épreuve, murmura Xian. Rien n'a encore…

— Mettre sa loyauté à l'épreuve ? Tu parles, elle ne sait même pas ce que ce mot veut dire, cracha Marcus. Et les RAJ sont trop bêtes pour voir le vice derrière leur proposition ! Ma décision est prise : il sera brûlé vif. Je ne laisserai pas à cette putain le plaisir d'abréger ses souffrances.

« … *pure politique, un stratagème utile, une grimace nécessaire pour ménager un père…* »

Ne pas hurler. Ne pas se jeter sur eux, toutes griffes dehors. Ne rien faire qui pourrait la desservir. Se contenter de hausser les épaules. De regarder droit devant soi, les yeux brûlants de larmes – non de tristesse mais de rage.

— Puis-je avoir un peu de temps pour réfléchir ?

Xian lança un coup d'œil interrogatif à Marcus.

— Tu as jusqu'à la tombée du jour, déclara celui-ci.

Quelques secondes plus tard, Cléo était à nouveau seule dans le noir. Se mordant les lèvres, elle saisit les plumes abandonnées sur le carrelage, les pressa entre ses doigts – s'interrompit. Il y avait… Là ! Quelque chose dépassait de la ligne creuse ! Du bout de ses doigts abîmés, elle en extirpa une mince tige de métal. En trouva deux autres, dissimulées dans les pennes ensanglantées.

Xian avait décidé de l'aider. Lui donnait discrètement le moyen de se libérer de ses chaînes.

Maintenir, à l'aide de ses dents, une tige coudée enfoncée dans la fermeture de ses menottes ; à l'aide d'un deuxième segment de métal, triturer le dispositif grossier permettant de l'ouvrir. Essayer de repérer, grâce à l'ouïe et au toucher, le point faible du mécanisme. Laisser échapper l'instrument, glissant entre ses doigts mal assurés. Prendre le temps de respirer. Une fois. Deux fois. Le récupérer à tâtons et recommencer. Calmement. Patiemment. Pour éviter, par maladresse, de casser le filin.

Concentrée sur sa tâche, Cléo transpirait abondamment et ses mains entravées devenaient moites. De plus en plus souvent, elle était contrainte d'interrompre son ouvrage pour les essuyer. Sa mâchoire, crispée sur le métal, la faisait souffrir. Dans le noir, elle perdait toute notion de temps et les minutes lui semblaient des heures. Un sentiment d'urgence grandissait en elle, la rendant plus impatiente et plus fébrile. L'instrument lui échappa de nouveau. Cette fois, elle ne parvint pas à le retrouver. Se saisit du dernier fil de fer, l'inséra à tâtons dans l'orifice. Recommença à le tourner, dans un sens puis dans l'autre, dans la serrure. Enfin, il y eut un bruit sec. Celle-ci avait cédé. Rapidement, Cléo se débarrassa de ses entraves, récupéra les outils de crochetage improvisés, le carreau brisé en deux morceaux pointus et la gourde encore pleine d'eau au goût rance.

Elle était prête. Restait à quitter la cellule et retrouver Axel. Doucement, elle s'approcha du seuil. Colla son oreille contre le battant, ne perçut aucun bruit. Passa la paume sur l'amalgame de bois, de plastique et de tôle. Chercha un loquet : il n'y en avait pas.

« Ça doit se fermer de l'extérieur : une barre probablement. J'espère juste que ça n'est ni trop lourd ni trop solide. »

Par acquit de conscience, elle poussa sur le panneau. Réussit à l'ouvrir d'un centimètre à peine. Suffisamment pour apercevoir le tube rouillé placé en travers du vantail et tenter de le faire coulisser. Cela fut rapide : moins d'une minute plus tard, elle avait réussi, passait la tête par l'entrebâillement et jetait un coup d'œil alentour. Elle se trouvait dans un couloir étroit, tapissé de moisissures et de graffitis. En face, une cloison éventrée laissait filtrer la lumière fanée du soleil déclinant. À sa droite, l'embrasure d'une porte depuis longtemps disparue. À sa gauche, le seuil d'une autre pièce. La jeune fille reconnut l'endroit : il s'agissait, comme elle l'avait deviné, de la ruine accolée au Passage, dont on devinait encore, sur la façade, quelques nuances rose pâle. Certains membres du clan ayant investi les vestiges du bâtiment principal, ils l'avaient probablement enfermée à l'étage d'une des deux annexes, ouvertes sur la cour de l'ancien théâtre. Fuir le Passage sans se faire repérer risquait d'être difficile.

« D'abord, retrouver Axel. Ensuite… Eh bien, on verra le moment venu. »

Cléo s'empara du tuyau de fer utilisé comme loquet par ses geôliers et quitta sa prison. Malgré ses précautions, le plancher, troué et pourri en maints endroits, craquait. Elle s'immobilisa plusieurs fois, persuadée de s'être trahie. Mais elle était seule dans les décombres de l'antique habitation. Enfin, elle arriva près de l'entrée. Corridor sombre, malgré les murs éventrés et l'étage supérieur à demi effondré, ouvert sur un ciel encombré de nuages roussâtres. Escalier consolidé au fil du temps par des plaques de métal, des morceaux de plastique et de vieux chiffons roulés en boule, destinés à combler les fissures. Dos plaqué contre le mur, retenant son souffle, elle descendit marche après marche vers le niveau inférieur. S'arrêta brutalement. Bruits de voix, venant du bas.

— Je ne vais pas la tuer, putain ! Moi aussi, j'ai envie que cette salope le regarde cramer demain. Je veux juste…

Tybalt.

— Tu veux juste… quoi ? À quoi bon la revoir ? Tu ne crois pas qu'elle t'a déjà fait assez de mal ?

Tania.

— Je veux… Je veux en finir une bonne fois, c'est tout, gronda-t-il d'un ton sourd. Elle m'a humilié, tu vois. Elle m'a traîné dans la boue. Je vais pas me contenter de leur jugement. L'exil ou la mort avec son tas de plumes ? Putain, et ils s'imaginent que ça va suffire !

— Mais tu vas faire quoi ?

— La tabasser. Je sais pas, j'improviserai.

— Tybalt, tu ne devrais pas… Je la connais mieux que toi : je sais ce dont elle est capable. Laisse-moi t'accompagner !

Voix tremblante, paniquée.

— Putain, lâche-moi, Tania ! J'ai pas besoin de toi sur ce coup !

— Mais…

— Casse-toi.

Il y eut un reniflement, des pas s'éloignant rapidement. Tybalt attendit quelques instants avant de commencer à monter.

Cléo posa derrière elle les deux armes de faïence. Empoigna fermement le tube métallique. Elle se sentait calme, en harmonie avec son environnement, en accord avec ce qu'elle s'apprêtait à faire. Instinctivement, elle choisit le meilleur angle possible. Attaquer la première. Vite et fort, comme lui avait appris Xian. Recommencer jusqu'à ce que l'adversaire ne bouge plus. Elle patienta, immobile comme une statue. Bientôt, Tybalt apparut, silhouette noire se découpant dans la pénombre.

Plus que dix marches… Plus que six… Plus que trois… Maintenant !

Le tube rouillé percuta violemment la tempe du maraudeur. Abandonnant aussitôt le tuyau, Cléo s'empara de ses lames improvisées et bondit. Tybalt perdit l'équilibre, se rattrapa maladroitement à la rambarde. Il n'eut pas le temps de crier. Déjà, elle était sur lui. Enfonça brutalement les deux pointes dans sa gorge. Il ouvrit la bouche, pris de tremblements incontrôlables, cherchant vainement à retenir une vie qui le fuyait. Cléo le renversa sur le dos. S'empara de son couteau d'ossement. Le planta jusqu'à la garde dans son œil.

Tybalt cessa définitivement de bouger.

Cléo inspira profondément, soulagée d'avoir réussi, surprise de n'être pas plus secouée que cela.

« Pas la peine de dissimuler le cadavre. De toute façon, ils ne vont pas tarder à revenir. Mais ses affaires vont m'être utiles. »

Elle le dépouilla rapidement de sa cuirasse de singe cousue de disques de métal rouge, enfila le T-shirt aux motifs similaires à ceux de son treillis urbain, prit sa ceinture, sa javeline et récupéra le poignard. Il s'arracha de l'orbite avec un affreux bruit de succion. Elle l'essuya grossièrement contre le cadavre, puis descendit jusqu'au premier étage, là où devait être emprisonné Axel.

La nuit était presque tombée. Dans le ciel, le brun fané du soleil couchant avait laissé place au gris du crépuscule et les ombres s'étendaient au-delà des recoins, engendrant des formes inquiétantes dans l'obscurité. Sens aux aguets, Cléo s'avança dans un appartement dévasté, semblable à celui dont elle s'était échappée un peu plus tôt. Désert, lui aussi.

« Ils nous ont sous-estimés. Tant mieux, réfléchit-elle, espérant de toutes ses forces ne pas se montrer trop optimiste. Ils nous facilitent la tâche. »

Une porte close. Derrière, Cléo le pressentait, la Chimère enchaînée.

Elle ôta la barre de fer qui la bloquait et ouvrit, retenant son souffle.

Axel était agenouillé sur le sol, ses ailes noires à moitié dépliées, pendant lamentablement au-dessus de son dos courbé. Les longues plumes de sa chevelure dissimulaient son visage et ses épaules. Ses mains reposaient sur ses cuisses ; des chaînes étaient passées à ses poignets. Il semblait dormir, mais leva la tête dès qu'il l'entendit, une lueur féroce au fond de ses prunelles de nuit.

— C'est moi. Je suis venue te délivrer.

— Cléo…, murmura-t-il d'un ton rauque, à peine audible. Il ne fallait pas. Je ne suis même plus capable de voler.

Elle s'accroupit près de lui, essayant de retenir ses larmes, de ne pas regarder les brûlures et les plaies, certaines encore ensanglantées, qui meurtrissaient ses chairs. Pressa ses doigts glacés entre les siens.

— Tout ira bien, Axel. On va s'en sortir…

La jeune fille prit son maigre matériel de crochetage. La nuit, encore jeune, permettait de discerner les objets et les formes. Il ne lui fallut pas longtemps pour trouver la serrure des menottes – un mécanisme plus grossier que celui rencontré auparavant – et l'en débarrasser.

— Tiens, chuchota-t-elle en lui donnant sa gourde.

Indifférent au goût âcre de l'eau, il but à grandes gorgées, puis la lui rendit. Cléo l'accrocha à sa ceinture et se leva.

— Tu crois que tu peux marcher ?

Il haussa les épaules. Entreprit de se redresser, se mordant les lèvres pour ne pas gémir. Son corps entier le faisait souffrir. Ses jambes étaient engourdies. Ses rémiges cassées le déséquilibraient. Cléo lui offrit ses bras. Il s'y accrocha, les utilisant comme une corde pour grimper. Parvint, enfin, à se tenir debout sans chanceler.

— Et maintenant ?

— Maintenant, on s'en va d'ici…

Cri étouffé. Bruit de pas dans le couloir. Quelqu'un avait découvert le cadavre de Tybalt. Venait les arrêter. Cléo tendit son poignard à celui qu'elle aimait. Prit sa javeline et se mit en garde

— … Ou on meurt en essayant.

18

Une silhouette se dessina sur le seuil de la porte. Grande et mince, féminine malgré des muscles noueux et un squelette massif. Xian. Elle les examina, puis pénétra calmement dans la pièce.

— Tybalt est mort.

— Je l'ai tué, admit Cléo. Et je te tuerai, si tu tentes de te mettre en travers de notre route. Même si tu m'as aidée.

Sa voix n'avait pas tremblé, en dépit du sang martelant ses tempes et des battements furieux de son cœur. Sa prise sur la lance demeurait assurée. La main sur son épaule, étrangement protecteur en dépit de sa faiblesse, Axel veillait, prêt à la défendre.

— Je ne suis pas ici pour ça, Cléo. J'espérais trouver la porte de ta cellule vide, et toi enfuie. Je me disais que, si tu n'avais pu te débarrasser de tes menottes, je profiterais de notre entrevue pour te délivrer et t'aider à fuir. J'aurais dû me douter que tu ne partirais pas sans lui.

— Tania a vu Tybalt monter, tout à l'heure, reprit la jeune fille. Elle doit commencer à s'impatienter.

— C'est pour ça que nous devons faire vite.

— Tu as un plan ?

— Les caves, puis les archives. C'est un peu se jeter dans la gueule du loup, mais si on arrive à passer, on devrait rejoindre le réseau de galeries courant sous le Passage.

— On ? interrogea Axel, suspicieux.

— Je viens avec vous, au moins pour m'assurer que vous êtes saufs, déclara la tatoueuse. Il y a quinze hivers, les parents de cette enfant sont morts parce que j'ai été trop lâche pour les aider à s'évader d'ici. Et, depuis ce temps, je vis avec les regrets et la honte de les avoir abandonnés. Je ne pourrai jamais réparer ma faute, et je mourrai avec le poids de ma culpabilité. Mais je refuse d'avoir sa mort – votre mort – sur la conscience. Et, Cléo, il est largement temps que tu saches la vérité. Venez, maintenant.

Tournant les talons, elle s'engouffra dans le corridor. Cléo s'apprêtait à la suivre, mais Axel la retint.

— Tu as confiance en elle ?

Cléo toucha l'œil d'encre grand ouvert tatoué sur son poignet. Eut l'impression qu'une chaleur bienfaisante imprégnait dans le gras de son pouce et se diffusait son corps entier.

— Oui.

— Très bien… Alors, allons-y.

Le couloir était sombre et les lattes craquaient sous leur poids. À cause d'Axel, affaibli par ses blessures et ses ailes brisées, ils allaient lentement. Plusieurs fois, il perdit l'équilibre et Cléo glissa son bras sous son épaule pour l'aider. Enfin, ils atteignirent le palier, éclairé depuis l'extérieur par la lueur rougeoyante des torches. La jeune fille lança un regard discret vers la cour du Passage. Aperçut les quelques lettres encore visibles sur le frontispice : « … ATR… O… » et, par les fentes des tentures épaisses, patchwork de peaux, de tissu et de panneaux de tôle, des silhouettes allant et venant dans le hall. Des éclats de voix s'en échappaient, trahissant la tension des membres du clan.

« Que se passe-t-il ? Ce n'est pas à cause de nous, quand même ? »

Jaillissant de nulle part, des flèches enflammées se fichèrent dans un morceau de toile. Au même instant, des pas retentirent dans les escaliers. « On nous attaque ! », hurla quelqu'un. « Aux armes ! » Xian chuchota une prière inintelligible, la main pressée sur son poing tatoué, puis tira du fourreau ses deux dagues acérées. Il était temps. Deux maraudeurs surgirent devant eux.

— Xian ! s'écria l'un d'eux. On commençait à avoir peur : on croyait que…

Avisant Cléo et son amant, il s'interrompit. Les contempla, bouche bée. Son compagnon réagit aussitôt, dévala les marches en hurlant. « Trahison ! Trahi… » Il s'affala, face contre terre, une lame plantée entre les omoplates. Tétanisé, le second mourut, proprement égorgé par celle qui jadis avait été son instructrice.

Déjà, les premiers bruits de combat résonnaient dans la cour. Xian les entraîna vers une porte branlante, sous les escaliers. Soudain, celle-ci vola en éclats. Trois hybrides velus au faciès de rongeur bondirent dans le vestibule. Des Chimères de la Tour de l'Horloge.

— Muss ! s'exclama Axel.

Celui-ci, un individu aux petits yeux rouges et brillants, s'arrêta net. Considéra brièvement Cléo et l'ancienne guerrière. Dévisagea plus longuement Axel, s'arrêtant avec un regard navré sur ses ailes brisées, inutiles et ses nombreuses blessures.

— Kio et Marlo peuvent t'emmener loin d'ici, mais j'imagine que tu ne partiras pas sans elle ?

— Je peux encore me battre, Muss. Et je ne l'abandonnerai pas.

Cléo faillit protester – se rappela Ani, assassinée sans qu'il puisse l'aider. Comprit qu'il resterait, quoi qu'elle puisse dire, et préférerait mourir plutôt que la perdre.

— Bon, grommela Muss. Va falloir se débrouiller autrement.

— On voulait passer par les caves, intervint Xian, s'efforçant de surmonter son dégoût pour l'homme-rat et les siens.

— Impossible, on a…

Une première explosion secoua les sous-sols du Passage, immédiatement suivie d'une deuxième qui projeta les combattants à terre, créant une vague de panique parmi les membres du clan.

— Profitons-en pour passer en force ! décida Xian. Axel, Cléo, derrière moi. Vous, à l'arrière-garde !

Les Chimères obéirent sans rechigner. Dehors, la confusion régnait. On se battait dans la cour et dans les bâtiments, sur les murs fissurés et à l'extérieur. La nuit résonnait de cris et du fracas des armes. Une troisième déflagration fit voler une partie du hall en éclats. Les débris de tôle et de béton retombèrent sur les pavés, fauchant au passage quelques guerriers.

Du coin de l'œil, Cléo aperçut Eva et Senli. Peu perturbés par le chaos ambiant, ils tuaient de conserve, usant indifféremment de griffes, de crocs et d'armes blanches. Dora, qui avait été sa mère adoptive, mourut, éventrée. Brandissant une masse d'armes, Lazarus se jeta sur l'homme-chat. Celui-ci esquiva avec grâce, riposta d'un coup qui lui emporta une partie du visage. Hurlant de rage, l'ancien des RAJ frappa à l'aveuglette, manquant largement ses cibles. Il eut un soubresaut, se tenant la gorge, essayant vainement d'arracher le garrot qui l'étranglait. Enfin, il y eut un craquement. Lazarus s'écrasa, mort, sur le sol fissuré révélant la silhouette de sa meurtrière : Norma. La tueuse cracha sur la dépouille de celui qui avait été son chef, fit volte-face, planta aussitôt une lame dans le corps de la femme-renarde.

— Eva ! hurla Cléo.

Brisant les rangs, elle se précipita au secours de la Chimère et de son compagnon d'armes. Arriva juste à temps. Edda entrait dans la danse, un court harpon d'os et de métal dans chaque main. Elle bondit, profitant de son élan pour prendre la guerrière par surprise et la plaquer brutalement à terre. Edda n'avait pas lâché ses armes. Les abattit toutes deux sur Cléo. La cuirasse amortit la violence des coups, mais la jeune fille sentit une pointe percer le bas de son dos. Ignorant la douleur, elle releva la tête et frappa. Sentit le nez d'Edda exploser sous son front. Se redressa aussitôt, bloqua une deuxième attaque, tordit sèchement le bras de son ennemie et le brisa. Au même instant, une douleur fulgurante vrilla sa cuisse transpercée. Agrippée à la hampe, Edda essaya de la récupérer – en vain. Alors, elle tourna, enfonçant un peu plus la pointe dans les chairs. Cléo cria de nouveau, bascula sur le côté. Edda roula sur elle-même, se releva, fondit sur la jeune fille… Et s'effondra sans un bruit, un poignard fiché entre les deux yeux.

Un instant plus tard, Axel était près d'elle, ses grandes ailes brisées formant un rempart entre le monde et elle.

— Merci, grogna Cléo, se redressant avec une grimace.

Il l'aida à se relever. Cléo chercha aussitôt la femme-renarde. Celle-ci gisait, immobile, dans une flaque de sang. Elle claudiqua dans sa direction, Axel couvrant ses arrières. Non loin, Senli et Norma s'étaient lancés dans un ballet mortel, portant des attaques si rapides qu'il était presque impossible de les discerner à l'œil nu.

En voyant Cléo, la femme-renarde sourit. Mais elle se mourait : déjà, ses prunelles ambrées se teintaient d'ombres ternes ; un filet écarlate coulait de la commissure de ses lèvres.

— On dirait que tu vas devoir trouver quelqu'un d'autre pour t'apprendre à fouiner, chuchota-t-elle.

— Eva…

— Pas de mensonge, ma belle. Je sais que c'est la fin… Tu as du panache, pour une Norm… Je suis fière de t'avoir connue…

— Moi aussi, Eva. Moi aussi, souffla Cléo.

Doucement, elle ferma les yeux de la Chimère. Se releva, à temps pour voir Axel contrer l'attaque de Norma, sauvant l'homme-chat d'une mort certaine. Senli était grièvement blessé ; sa fourrure noire était poisseuse, ensanglantée. Il repartit néanmoins à l'assaut, se jetant au visage de la tueuse des RAJ. Surprise, celle-ci ne put l'éviter. Elle reçut la charge de plein fouet, tomba dans un rugissement de douleur. Senli lui avait crevé les yeux et, pris de fureur, réduisait ses chairs en lambeaux.

Un hurlement de détresse résonna soudain dans les hauteurs, se perdit dans la fureur de la bataille.

Le hall avait pris feu. De longues langues couleur de lave léchaient les murs encore tapissés d'affiches, embrasaient les tentures et les peaux. Autour d'eux, on se battait dans les décombres et dans la poussière. Un homme-rat était mort, écrasé par un énorme bloc de béton. Un arpenteur mourut, la tête fracassée par un morceau de pierre.

— Par ici ! Vite !

Oubliant toute méfiance, Xian et les hommes-rats combattaient côte à côte, maintenant à distance les guerriers du Passage. Axel tira l'homme-chat en arrière, l'arrachant à sa proie déchiquetée. Celui-ci se débattit, se laissa finalement entraîner par l'ailé.

Et Tania jaillit dans la cour, échevelée, les yeux rouges de larmes. Tenant dans sa main trop fine une énorme masse hérissée de piques, elle se rua sur l'ailé. Cléo ne lui laissa pas le temps de l'atteindre. Serrant les dents pour ignorer la douleur de sa cuisse mutilée, elle la percuta de plein fouet. Elles roulèrent dans la cour en flammes, indifférentes aux façades crevassées, aux pans de murs entiers qui s'écroulaient, ensevelissant peu à peu le passage sous la poussière et les gravats. Cléo se redressa la première, eut un instant d'hésitation. Malgré ce qu'elle avait fait, l'adolescente demeurait encore un peu sa sœur… Tania n'eut pas de tels scrupules. La cueillit d'un coup de pied dans la poitrine et se rua sur elle.

— Tu l'as tué ! feula-t-elle, frappant sa tête contre le sol. Tu m'as volé ma vie… Tu m'as volé Tybalt… Crève ! Crève !

Elle cogna, encore et encore. Sonnée, la bouche en sang, Cléo se débattait de plus en plus faiblement. Sa vue se brouillait, elle distinguait à peine les traits de son adversaire enragée. Elle aurait voulu lutter, mais sentait ses forces l'abandonner. Les bruits de la bataille devenaient lointains et la nuit peu à peu recouvrait son âme.

« *Il ne saura jamais à quel point je tiens à lui… Je n'aurai même pas pu lui dire… Ni avec mes mots… ni avec ceux de Cyrano… combien je l'aime… que mon cœur ne le quitta jamais une seconde, que je suis et serai jusque dans l'autre monde celle qui*[1]… »

Tout devint noir.

Cléo reprit conscience dans les bras d'Axel. Derrière eux, le Passage était en flammes. Les Chimères les protégeaient ; armés de longues faux de guerre au manche de métal, Kio et Marlo tournoyaient au-dessus d'eux. En face, Marcus leur barrait la route, accompagné d'une dizaine de survivants. Ils étaient épuisés, couverts de sueur écarlate et de poussière. Mais refusaient de céder. La haine et la vengeance étaient tout ce qui leur restait. La jeune fille papillonna des yeux. Sa tête la lançait, ses oreilles bourdonnaient. Pourtant, elle sentait une nouvelle fois la colère sourdre en elle, assez puissante pour lui donner l'énergie de se tenir debout et d'affronter celui qui avait fait de sa vie une mascarade, trop faible pour lui permettre de le tuer.

1. Edmond Rostand, *op. cit.*, acte V, scène 5.

Soudain, son regard accrocha un cadavre décapité. Elle reconnut Xian, dont la dépouille baignée de sang se teintait, à la lueur de l'incendie, de nuances d'or et de cuivre. Ravalant ses larmes, elle se serra contre Axel, enfouit sa tête dans le creux de son cou.

— Je suis désolé, Cléo, murmura-t-il d'un ton las, ses lèvres effleurant le sommet de son crâne meurtri.

— Comment est-elle…

— Elle a tenté de négocier. Il ne lui a même pas laissé le temps de terminer…

Cléo crispa les poings. De rage, mais surtout de détermination. Il était temps d'en finir avec l'ordure qui avait gâché tant de vies. Il était temps qu'il paie pour ce qu'il avait fait.

Il était temps que tous sachent la vérité.

— Tu veux bien m'aider à marcher ?

— Je peux te porter, tu sais.

— Pas pour ce que je m'apprête à faire. Fais-moi confiance, d'accord ?

— Comme vous voudrez.

— Tu te souviens de ce que je t'ai récité, ce soir-là, dans le wagon ? chuchota-t-elle en réponse. Les mots étaient de Cyrano, mais l'âme était la mienne.

Axel embrassa tendrement son front, puis la laissa glisser à terre. Nauséeuse et chancelante, elle s'accrocha à lui pour ne pas tomber. Se laissa guider, pas à pas, vers la première ligne. Silencieuses, attentives, les autres Chimères resserrèrent leurs rangs autour d'eux.

Appuyée contre Axel, la main pressée contre son tatouage, Cléo inspira longuement. Sentit la poitrine du dragon d'encre bleu et noir se soulever en écho. Comme s'il n'était pas à la surface de sa peau, mais en elle, lui prêtant sa force et son souffle. Alors elle regarda Marcus. Le scruta de haut en bas, attentive à chaque détail : sa chevelure méchée de gris, son front large et ses sourcils épais, ses iris gris-vert, son visage carré, au nez droit et à la bouche trop fine, son corps massif cuirassé de peaux et de morceaux de fer, la lame encore dégouttante de sang sur laquelle il s'appuyait des deux mains, l'une, tatouée d'un soleil noir. Elle cracha. Plongea les yeux dans les siens.

— Ta femme est morte. Ta fille est morte. Ton clan est décimé. Et tu en es l'unique cause, énonça-t-elle d'un ton si calme qu'elle en fut presque effrayée.

— Comment oses-tu ? Je vais te…

Il voulut se précipiter vers elle. Faux en avant, Kio et Marlo s'interposèrent aussitôt, le contraignant à reculer.

— Je n'ai pas l'intention de me battre, Marcus. Je n'en ai pas *envie*, et mes amis ne feraient qu'une bouchée de tes derniers soutiens.

— Je ne te laisserai pas partir d'ici vivante, gronda-t-il. Pas après ce que tu as fait.

— Ce que j'ai fait ? Mais rien d'autre que chercher la vérité, Marcus ! Une vérité que tu as celée pendant quinze hivers à ta famille et à ton propre peuple. Combien, parmi vous, savent qui je suis vraiment ? demanda-t-elle, examinant l'un après l'autre les membres de son ancien clan. Toi, Cin ? Toi, Célie ? Ou bien toi, Rag ? Oui, tu faisais partie des bourreaux… Peut-être as-tu allumé le bûcher de mes parents ?

— Tes… parents…, souffla Cin, abasourdi.

— Sa mère était une putain ! cracha Marcus. Comme la traînée que j'ai élevée comme ma propre fille, elle a trahi le clan ! Junie a préféré cette bête immonde…

— Mon père s'appelait Jaz, et c'était un ailé.

Un silence terrible s'abattit sur les guerriers du Passage. Leurs regards incrédules allaient de Marcus à Cléo, peinant à comprendre ce que signifiaient exactement ses propos.

— Tu mens !

— Qu'as-tu raconté à Rag et aux anciens ? Que j'étais ton enfant et celle de Junie ? Bien sûr, c'est ce que tu leur as dit. Seule Xian connaissait la vérité, mais tu l'as menacée pour qu'elle se taise…

— Tu mens.

— Non. Et tu le sais bien, Marcus. Tu n'aurais pas ce ton résigné, sinon. Regarde-moi, Rag, ordonna-t-elle, tournant la tête vers l'arpenteur. Toi qui déchiffres si bien les autres, tu sais bien que je dis vrai.

Se redressant de toute sa taille, elle s'écarta d'Axel et fit un pas, seule, en avant.

— Je ne suis pas en très bon état. Si ça se trouve, je ne devrais même pas être en vie… Pourtant, je me sens déjà beaucoup mieux. Tu devrais leur expliquer pourquoi, Marcus… Non ? Je vais m'en charger, alors : cela fait longtemps qu'il est au courant de mes petites particularités physiques, pourtant il a préféré ne rien révéler. Non par amour, je vous rassure. Mais parce que cela faisait de moi une arme utile pour le clan… pour sa vengeance surtout. Qu'y a-t-il, Cin ? Tu ne comprends pas ? Je suis une Mutante : je possède un don de guérison.

— Je vais te tuer ! rugit Marcus, empoignant sa lame.

Rag et Cin le retinrent. Un troisième guerrier plaça sa main sur sa nuque, pesant lourdement sur son dos et l'empêchant de bouger.

— Marcus vous a menti, mais ce n'est pas le pire. Le pire, c'est ce qu'il a fait à son propre sang. Tania t'adorait, Marcus. Quand tu venais me chercher pour aller chasser, elle voulait toujours nous accompagner. Elle te dévorait des yeux, trop timide pour oser demander. Tu ne la voyais pas. Tu ne l'as jamais vue.

— C'est faux ! croassa-t-il.

Sa voix tremblait.

— Tania était ta seule enfant, reprit Cléo, implacable, et tu l'as traitée toute son existence comme une moins que rien, une quantité négligeable…

Marcus lâcha son épée.

— C'est la vérité. Tu n'as jamais accordé à Tania une once de l'attention que tu as eue pour moi. Ma sœur a grandi dans l'indifférence : toute son existence, elle a tenté d'être aimée de toi, mais tu étais tellement obsédé par ta vengeance que tu n'as jamais été foutu de t'en apercevoir. À présent, ta fille est morte. Ton clan est détruit…

Il s'affaissa, sans force, sur l'asphalte crevassé. Cacha son visage dans ses mains.

— Je ne te forcerai pas à regarder les cendres de tous ceux que tu as aimés, de tout ce que tu as construit, Marcus. Je ne te forcerai pas non plus à chercher dans les décombres le cadavre calciné de ta fille. Je n'ai pas ta cruauté. Et peu m'importe ce que Rag et les autres décideront de faire de toi, conclut-elle doucement. Je m'en vais. La vie m'attend.

Rag contempla longuement Cléo. Hocha la tête.

Ses hommes s'écartèrent, laissant passer les Chimères et leur protégée.

ÉPILOGUE

'Lona
Nid des Chimères d'Itzan

Pareilles à des pétales de fleur orangés, les flammes se fanent, emportant avec elles les blocs sombres des immeubles en ruine. Un peu à l'écart, deux silhouettes enlacées, déjà translucides, se détournent lentement. Un morceau de papier, porté par les fumées d'incendie, s'élève au-dessus d'eux, laissant entrevoir quelques vers…

Un baiser, mais à tout prendre qu'est-ce ?
Un serment fait d'un peu plus près, une promesse
Plus précise, un aveu qui se veut confirmer,
Un point rose qu'on met sur l'i du verbe aimer[1]…

… avant de s'effacer à son tour.

Mon récit est terminé. Le dragon d'encre noir et bleu s'est rendormi sur mon poignet.

Ici, les dernières étoiles s'estompent dans le ciel teinté de mauve et d'indigo. Le vent siffle contre le mur de la cathédrale traversée de tourbillons brûlants. La tempête, somnolente pendant la nuit, reprend de plus

1. Edmond Rostand, *op. cit.*, acte III, scène 10.

belle. Les unes après les autres, les Chimères reviennent à la réalité. L'enfant-chat est la première à reprendre ses esprits. Arquant le dos, elle s'étire puis bondit sur ses pieds, les yeux brillants malgré sa fatigue.

— Tu vas continuer encore un peu, dis ? Où sont allés Axel et Cléo ? Et Lyn, qu'est-elle devenue ?

— Mia, je l'ignore, souris-je. Celle qui m'a conté leurs aventures les a quittés peu après. Elle a suivi la direction du soleil levant et n'est jamais retournée dans cette ville dévastée.

— C'était une grande voyageuse, alors ? intervient Assan.

J'ébouriffe sa tête sans répondre. Ces gamins posent trop de questions. Des questions bien trop dangereuses pour moi.

— Je suis fatiguée. Si tu veux que je sois en forme pour commencer le conte que je t'ai promis, je dois me reposer.

— Ça veut dire qu'on va encore être obligés d'écouter les délires de cette bâtarde ? s'écrie Amalia.

Je croise les bras sur ma poitrine pour dissimuler mes jointures blanchies, mes ongles enfoncés dans les paumes crispées de mes mains. Je retiens des injures, une envie de tuer. Me tais.

— Personne ne t'oblige ni à l'écouter ni à l'insulter ! gronde Ramon – et ses oreilles de chauve-souris vibrent d'indignation. Ximena…

— Ximena est notre prisonnière, pas notre invitée ! C'est la fille du Scorpion ! Et le Scorpion est notre ennemi, au cas où vous l'auriez oublié.

Un silence embarrassé suit sa déclaration. Il y a des murmures, des regards gênés dans ma direction..

Je ne dois pas être belle à voir, en ce moment : je suis épuisée. Les coups infligés par Amalia me font encore souffrir. Et puis, depuis ce matin, je sens une curieuse gêne sur ma joue gauche. Je sais ce que cela signifie – un tatouage se dessine sur ma peau, symbole d'une nouvelle histoire. Ici, pourtant, nul ne m'a encore raconté la sienne. Je ne comprends pas d'où il vient. Cela m'inquiète terriblement.

Soudain, je veux m'éloigner d'eux, retrouver non pas la tiédeur obscure de mon alvéole, mais la pierre dure de la stalagmite où l'on m'avait enchaînée. Je ne suis pas des leurs. Autant prendre les devants, avant d'être rejetée.

Je me lève, en même temps qu'Itzan.

— Où vas-tu ?

Du menton, je désigne le piton bariolé.

— Tu n'y es pas obligée.

— Amalia a raison : je ne suis pas des vôtres. Je n'ai aucune raison de demeurer parmi vous. Mais j'ai donné ma parole à cet enfant. Permets-moi d'honorer ma promesse, Itzan, et de commencer dès ce soir l'histoire d'Anja la sirène, du clan d'Ishtar et de la révolte des exclus. Ensuite…

— Ensuite ? répète l'homme-panthère.

« Ensuite, je serai enfin libre de venger les miens. Je tuerai l'un après l'autre ceux qui les ont massacrés. Et après… »

Je ne réponds rien de tout ça, bien sûr. Je me contente de sourire. À cet instant, un rayon de soleil illumine le Nid – et une brûlure atroce transperce ma poitrine. Je me sens sombrer, surprends avant de perdre connaissance une lueur de triomphe dans les yeux d'Amalia.

Cet ouvrage a été composé
par Atlant'Communication
au Bernard (Vendée)

Achevé d'imprimer sur Roto-Page
par l'Imprimerie Floch à Mayenne
en janvier 2012
pour le compte des Éditions de l'Archipel
département éditorial
de la S.A.S. Écriture-Communication

Loi n° 49-956 du 16 juillet 1949 sur les publications destinées à la jeunesse.

Imprimé en France
N° d'impression : 81575
Dépôt légal : février 2012